隋唐五代
文學故事
【下冊】

隋唐五代文學故事（下）

目次

「郊寒島瘦」：唐代兩大苦吟詩人

我國歷史上有許多空有詩才而不得志的人，他們往往一生窮愁困苦，經歷曲折，但在詩歌的創作上卻能獨具特色，競放異彩，大詩人孟郊和賈島就是如此。孟郊雖然比賈島大二十八歲，但兩個人都以「苦吟」著稱，而且他們的詩風也頗有相通之處。因此可以這樣說，郊島的詩作在中晚唐的詩壇像一朵寒瘦的秋菊，初看似有憔悴、悲枯之意，然而恰恰是這些寒瘦的花瓣，給人們帶來一縷縷別樣的幽香，使人感受到一種特有的魅力。所以，後人多以「郊寒島瘦」來加以評價。

孟郊有著淒苦的經歷，人生的諸多不幸他都品嘗過、體驗過。孟郊共兄弟三人，父親孟庭份，曾任過昆山縣尉，後來「卒於任所」，三兄弟只靠母親裴氏撫養。而且孟郊的先妻又早逝，他續娶了鄭氏，這其中的孤苦窮愁自是不能盡述的。

孟郊從小受父親影響，很早就顯示出超凡的才氣，他想通過地方官來求職謀生，所以開始了離家「北遊」的生活。他曾到過河南、江西等省，後又到達長安、蘇州等地，然而他的奔波與勞碌並沒有給他帶來任何結果。這期間，他還曾赴京應舉，可是仍然沒有擺脫失意的痛苦。後來，他有幸與韓愈相識，「韓愈一見，以為忘形之契，嘗稱其字曰東野，與之唱和于文酒之間」，可見二人友誼情深意篤至此。後來，他們又同場應試，可結果卻仍讓人悲觀不已：韓愈、李觀、歐陽詹等後輩都同榜登第，唯孟郊又一次名落孫山。怎樣才能排遣那份纏繞於心的失意和悲切的痛苦呢？但孟郊並沒有灰心，他一次次地赴京，一次次地失敗，直到貞元十二年（七九六年），孟郊四十六歲，才終於考中了進士。他登科後再也無法掩飾自己內心的得意之情：「昔日齷齪不足誇，今朝放蕩思無涯。春風得意馬蹄疾，一日看盡長安花。」（〈登科後〉）然而，高中皇榜並沒有改變他悲苦的命運。孟郊雖中了舉，卻沒有得官，他仍舊到處依人，生活貧寒之至，直到五十歲的時候，才被選為溧陽尉。然而，那種久積於心的失意與牢騷更平添了幾分鬱悶之情。這也難怪他到任後，整天沉浸在離任所不遠處的投金瀨，耽於吟詠，荒廢公務，從而引起縣令的強烈不滿，結果，上級派來了假尉代理，同時他那本來就很微薄的收入也被無情地分去了一半，其生活之困苦就可以想見了。所以，孟郊不得不離開溧陽，經過韓愈等人的推薦，到東都留守鄭餘慶手下做了轉運判官。他的生活剛剛開始穩定，可是他的三個兒子卻又在數日之內全部夭折了。老年喪子之悲，白髮人送黑髮人之痛怎能不讓這個失意之人更加失意呢？舊痛未解又添新愁，第二年他的老母也病逝，他只得在家守孝。元和九年（八一四年）鄭餘慶鎮興元，又奏孟郊為其軍參謀。孟郊與妻一同前往。然而剛走到閿鄉（今河南靈寶），卻突然暴病而終，時年六十四歲。其後事的料理全由他生前的好友集資而成，孟郊就這樣走完了辛酸、淒苦的一生。

孟郊的一生窮困潦倒，「拙於生事，一貧徹骨」，以至到了「窮餓不能養其親，周天下無所遇」的地步。所以，他自己也常作詩曰：「秋至老更貧，破屋無門扉。一片月落床，四壁風入衣」（〈秋懷十五首〉之四），以及「霜氣入病骨，老人身生冰。衰毛暗相刺，冷痛不可勝……」（〈秋懷十五首〉之十三），家徒四壁，貧病交加，只有一片冷月，一副飢腸。好在友人贈炭，才「暖得曲身成直身」，然而卻無法掩飾「借車載家具，家具少於車」的苦痛。所以，他生活的淒苦和經歷的坎坷，使他的詩歌更富於感染力。他在抒寫自己的貧寒生活時，雖無修飾，卻字字寒心，句句動人。然而，孟郊除了「自訴窮愁，嘆老嗟病」外，還敘寫了仕途的失意和對社會的抨擊，文筆是那樣尖銳、犀利和深刻，突出地表現了對社會的不平之鳴。另外，他還對勞動人民的痛苦生活加以細緻的描寫：「無火炙地眠，半夜皆立號。冷箭何處來，棘針風騷勞。霜吹破四壁，苦痛不可逃……寒者願為蛾，燒死彼華膏……」（〈寒地百姓吟〉）以及對縫在「密密痲痲」的針腳裡的愛的歌頌：「慈母手中線，遊子身上衣。臨行密密縫，意恐遲遲歸。誰言寸草心，報得三春暉。」（〈遊子吟〉）已成為家喻戶曉的經典之作。所以，孟郊的一生是不幸的，「才行古人齊，生前品位低。葬時貧賣馬，逝日哭惟妻」（賈島〈吊孟協律〉）。他的作品雖有「寒」、「酸」之氣，但仍不乏一系列針砭時弊、反映民生疾苦的佳作，如〈織女詞〉等有著深刻的社會意義。

孟郊不幸至此，被韓愈稱為「孟郊再生」的賈島也是不幸的。他出身寒微，三十歲之前曾是佛家弟子，他雖遠離塵世，但卻喜歡吟詩作文，後來在韓愈的勸說下還俗，舉進士，但竟屢試不第。這對於四十多歲的賈島來說，不免積憤於心，於是他作了〈病蟬〉：「病蟬飛不得，向我掌中行。折翼猶能薄，酸吟尚極清。露華凝在腹，塵點誤侵睛。黃雀并烏鳥，俱懷害爾情。」詩中比較直露地斥責了統治者。所以，當他再次應試的時候，就因為「吟病蟬之句，以刺公卿」，不僅被視為「僻澀之才無所採用」，還與平曾等一起落得個「舉場十惡」的壞名。這樣一來，更加拉大了他和仕途之間的距離，直到花甲之年，才當了長江主簿。傳說，有一天，他在鐘樓上與人吟詩唱和，正巧宣宗微行，聽得吟詠之聲便登樓而至，當宣宗來到賈島的書案上拿起他的詩來讀的時候，賈島因為不認識宣宗，就斜眼看他，還奪卷而回說：「郎君何會耶？」宣宗自然慚愧而去。後來，賈島追悔莫及，想要跳樓，宣宗惜其才，馬上下詔釋罪，貶他為遂州長江主簿。當時，賈島心裡非常清楚長江的蠻荒之僻和主簿官職的卑微，但還是不顧垂暮之年，偕夫人前去赴任。後來，他在遷普州司倉參軍時，染疾卒於官舍。

賈島古剎清燈的生活和仕途坎坷的經歷使他的性格愈加孤僻，尤其是他生活的困頓與窘迫，已經到了相當的程度：「拄杖傍田尋野菜，封書乞米趁朝炊。」（張籍〈贈賈島〉）在他的生活中，韓愈和令狐綯都給了他很大的幫助。韓愈常常送衣送糧，令狐綯也總是在飛雪的時候，送去焦炭。所以，賈島在任期間，仍然「手不釋卷，吟詩不輟」，他寫了不少給令狐綯的感謝詩。賈島不僅生活窘迫至此，他的晚景也是相當悲涼的。賈島一生，同樣是既無子，又貧寒。所以，他的詩也如詩人一樣瘦硬，「盡日吟詩坐忍饑，萬人中覓似君稀。僮眠冷榻朝猶臥，驢放秋田夜不歸……」（王建〈寄賈島〉）因此，他的詩多吟「枯樹寒螢、破階秋恐」，以「極力渲染其淒苦幽冷的生活境遇，給人以怪僻寒瘦的感覺」。同時，賈島的詩中很少涉及時政，當然也有「十年磨一劍，霜刃未曾試。今日把示君，誰有不平事？」（〈劍客〉）等質樸、率真、豪放、雄健之作，但總的看來，由於生活面較狹窄，再加上自己悽苦的身世，所以對現實多採取旁觀的態度，多數作品缺乏思想意義。

由此可見，孟郊、賈島在人生旅途上有著太多相似的遭遇：仕途的曲折和艱辛，生活的窘迫和淒涼，老無子息的悲哀和苦痛等等，尤其是詩風上「寒」、「瘦」筆法更是相得益彰：一個苦寒到了「厚冰無裂文，短日有冷光。敲石不得火，壯陰奪正陽」（孟郊〈苦寒吟〉）的地步，一個到了「坐聞西床琴，凍折兩三弦。飢莫詣他門，古人有拙言」、「鬢邊雖有絲，不堪織寒衣」（賈島〈朝飢〉）的程度。所以，郊島在寒瘦的技法上掀起了一次高潮，對後世的影響很大。

盧仝：怪辭驚眾玉川子

唐代是孕育詩歌的肥沃土壤，也是造就詩人的偉大時代。那個時代詩人輩出，風格多樣，不僅有仙才、鬼才，更有奇才、怪才，詩人盧仝就可以稱為「怪才」，也許他並不很著名，但他別樣的詩風卻帶給人們一種奇異的芬芳和獨特的享受。

盧仝是河南省濟源縣人，號玉川子。據說，在濟源縣東漠河北，有一泉名曰玉川泉，盧仝常到玉川泉汲水烹茶，所以也稱玉川井；又因為玉陽以東都是玉川，所以其縣也號玉川。盧仝好茶，曾作〈茶歌〉。傳說在濟源縣西北二十里石村北的玉川有他的別墅，而且那裡還有他的烹茶館。

盧仝雖然長得較黑，卻是個性格高古、孤僻，並少與人交往的人。他從小就喜歡博覽群書，吟詩弄墨，所以特別擅長做詩。盧仝的家境非常貧寒，搬到洛陽後，仍然是斷瓦殘垣籠罩下的幾間破屋，屋裡也是除了一堆書外一貧如洗。盧仝從小就憎惡世俗的庸俗之流，所以終年閉門讀書。他上有高堂老母，下有妻子兒女，一家十幾口人，這樣沉重的家庭重負靠他一個人去養活支撐，可見其生活的艱難程度。盧仝終日吟詩，沒有生活來源，所以，他家裡總是隔三差五就斷了炊。好在鄰居是個心地善良的和尚，可憐他們，就把每次自己化緣討來的米分給他們一些，使他們在困苦中還能熬些日子。

韓愈做河南縣令的時候，非常敬重盧仝的德操，所以總是多方面關照他，還經常送給他一些錢物，但這些畢竟都是杯水車薪。因此，韓愈勸盧仝說：「憑你的才華，去拜謁一下東都留守或是府尹等大官，一定能謀得個不錯的官職。」可是盧仝不等他說完，竟然用雙手把耳朵堵住，根本就不聽他的話。所以，韓愈說盧仝是真正的隱士，完全不同於那些以隱居為名，卻以圖高官之人，他是一個真正用聖人的處世原則來要求自己的人，他博大的心胸曾讓韓愈嘆服不已。

這就是盧仝，在他身上表現出來的諸多優秀品質，因為與世俗上的許多東西不合拍，所以，人們自然就會把他看成是一個「怪人」。因此，他的這種思想反映在詩歌創作上也就會相應地形成自己「險怪」的風格。他「深恨元和逆黨，宦官專橫，殺害唐憲宗」，就寫了一首〈月蝕〉詩，來加以諷刺。其詩雖「膾炙人口」卻「過於恢詭艱深，使人難以卒讀」。再如他的〈與馬異結交詩〉中有一段是這樣寫的：

……不知元氣之不死，忽聞空中喚馬異。馬異若不是祥瑞，空中敢道不容易。昨日仝不仝，異自異，是謂大仝而小異。今日仝自仝，異不異，是謂仝不往兮異不至。……平生結交若少人，憶君眼前如見君。青雲欲開白日沒，天眼不見此奇骨。此骨縱橫奇又奇，千歲萬歲枯松枝。半折半殘壓山谷，盤根蹙節成蛟螭。忽雷霹靂卒風暴雨撼不動，欲動不動千變萬化總是鱗皴皮，此奇怪物不可欺。盧仝見馬異文章，酌得馬異胸中事。風姿骨本恰如此，是不是，寄一字。

馬異，是與盧仝同時代的人，他也是「賦性高，詞調怪澀」。所以，盧仝聽說後，覺得與自己的志向非常一致，就很想和他交朋友。於是，就給馬異寫了這樣一首詩。這裡，盧仝巧用文字，來戲寫二人的交誼，其手法新奇讓人可嘆。我們知道，「仝」是「同」的異體字，所以，盧仝「遂立同異之論，以詩贈答」。這首詩因為寫得奇怪，所以遭來許多人的誹謗，韓愈在〈寄盧仝〉詩中也說：「怪辭驚眾謗不已。」馬異接到盧仝的詩後，也寫了一首〈答盧仝結交詩〉來酬答，其中對盧仝的詩也給予了很高的評價。其中有幾句是這樣寫的：

> 有鳥自南翔，口銜一書札，達我山之維。開緘金玉煥陸離，乃是盧仝結交詩。此詩峭絕天邊格，力與文星色相射。長河拔作數條絲，太華磨成一拳石。

可見，盧仝、馬異如出一轍。所以，有人評價盧仝是「以怪名家」；「玉川之怪，長吉之瑰詭，天地間自欠此體不得」；「唐詩體無遺，而仝之所作特異，自成一家，語尚奇譎，讀者難解，識者易知。後來仿效比擬，遂為一格宗師」。所以，盧仝的詩歌，自是別具韻味，給唐代詩壇增添了一道美麗的風景。

韓愈：唐代古文運動領袖

唐代中期，我國出現了一位傑出的文學家、哲學家和政治家，他發起和領導了著名的「古文運動」，維護儒家思想，反對佛教、道教，擁護中央集權，忠君愛國，他就是韓愈。

韓愈，字退之，唐代宗大曆三年（七六八年）出生在父親韓仲卿的官任地，一說是在上元（今江蘇南京市），一說是在洛陽（今屬河南）。他的祖籍在孟州河陽（今河南孟縣）。韓愈三歲的時候父母就去世了，由長兄韓會夫婦撫養。七歲時，韓愈刻苦攻讀，能誦經史。在十二歲時，長兄韓會逝世，韓愈的大嫂鄭氏擔負起撫養全家的重任，日子過得異常清苦。艱苦環境中成長起來的韓愈少年老成，胸懷大志，寒窗苦讀，決心走上仕途，為君王效力，同時也改變家庭的困境。

但是，對於韓愈這樣的貧家子弟來說，仕途不可能是一帆風順的，當他滿懷希望和信心開始實現自己的遠大理想時，前面等著他的卻是艱辛坎坷和無盡的荊棘。

德宗貞元二年（七八六年）秋，十九歲的韓愈背著書籍和行李，離家赴長安求官。他自以為學而優則能仕，而且對自己的才學非常自負，所以，希望一蹴而就。沒料到事實未能如其所願，他連考了三次都名落孫山，直到貞元八年（七九二年）才考中進士。這次成功也算是他的運氣好，因為此時德宗銳意改革，並啟用了古文改革家陸贄、梁肅。陸贄親自主持這次考試，並錄取了韓愈等八位有真才實學者為進士。

中進士後，韓愈再接再厲，又三考博學宏辭科。可幸運之神並未照顧他，又是三考皆不中。這之後，韓愈到了洛陽，被宰相董晉看中，闢為觀察推官，才正式開始了他的仕途生涯。

走上仕途的韓愈一路坎坷，時而高遷，時而被貶，有時做著三品大員，不久又是個小小縣令。他的一生中做過三次國子博士。這也是他在文學上頗有成就的時期。

貞元十七年（八〇一年）初冬，韓愈終於得以進朝廷任職——被委任為國子監四門博士。國子監是唐朝的最高學府，長官稱「祭酒」，職掌儒家經典。國子監下設七個學館：國子學、太學、廣文館、四門館、律學、書學、算學。各學館的主講教員稱「博士」，輔助教員稱「助教」、「直講」等。國子學、太學、四門學都是綜合性學校，課程內容基本相同，但招收的學生的家庭出身卻是有區別的。四門館招收的是中下層士子，因此四門博士官階較低，僅七品。

韓愈得此小官，內心很不滿足，覺得與他的理想相距甚遠，可高官又做不上，只有等待時機了。在此期間，他廣泛結交有識之士，熱誠獎掖推薦韓門弟子及學館生員。

第二年春天，禮部又舉行進士考試，由權德輿主考，陸傪輔佐。由於韓愈認識陸傪，便向陸傪推薦了侯喜、李翊等十八人。其中有四人當年即考中進士。此後又有六人中舉，一時韓門大盛。此時韓愈三十幾歲，官職不高，但在文壇上已有了一定的聲望。

韓愈不僅刻苦學習理論和進行創作，而且非常關心青年後學的進步，常給他們具體的指導和幫助。這種行為和他的聲望招致別人的嫉妒和誹謗，紛紛指責他「好為人師」。韓愈面對責難，無所畏懼。為了糾正當時社會上不重視求師學習的不良風氣，韓愈寫了著名的〈師說〉，公開答覆和駁斥了對他的譏笑和誹謗，對那些恥於從師而學的人給予激烈的批判。

貞元十九年（八〇三年）七月，他和柳宗元、劉禹錫等擢升為監察御史。十二月，他被貶為連州陽山（今廣東連縣）縣令。德宗死，順宗即位，大赦天下，韓愈也在被赦之列，但未官復原職。不久，順宗因病遜位，憲宗即位，大赦天下，韓愈仍未被召回。直到憲宗元和元年（八〇六年）夏天，韓愈奉召回長安，被任命為權知（暫時代理或試用期）國子學博士，開始了他第二次國子博士生涯。

起先，宰相等人非常欣賞韓愈的詩文，有意讓韓愈擔任朝廷文學官，可是後來有人嫉妒韓愈而散布流言蜚語，朝廷就沒有正式任命他。韓愈雖說權知國子博士，是個正五品的官，可是到處受到誹謗打擊，難以得志，便上書朝廷，要求調到東都洛陽的國子監任職。

元和二年秋，韓愈前往東都洛陽，仍是權知國子博士。直到元和四年，韓愈才得到朝廷的任命，「權知博士」改成了「真博士」。三年的賦閒生活並沒有使韓愈意志消沉，他依然關心國家大事，依然結交朋友和獎掖後學。他和李渤、溫造、石洪、盧仝、皇甫湜、李翺、賈島等經常往來，相互切磋，繁榮和發展了古文和詩歌的創作，促進了古文運動。

韓愈這段時間的生活非常豐富，他常把朋友們召集起來喝酒，給這樣的聚會起個名字叫「文字飲」，以區別那些富家子弟的聲色娛樂。酒席上他們以聯詩句為樂，題目有〈會合〉、〈城南〉、〈鬥雞〉、〈納涼〉、〈秋雨〉、〈徵蜀〉等，內容多是談古論今、抒發情感等。此時韓愈的散文較少而詩作繁富，除聯句外，詩中的〈南山〉被譽為「古今傑作」。

元和四年（八〇九年）夏，韓愈改授都官員外郎，不久被降職為河南令。元和六年入朝為職方員外郎，但為時不長，次年二月因為華陰令柳澗辯罪，再次被降職為國子博士。

韓愈雖然才識過人，可是屢次遭到貶黜，心中難以平靜，惆悵鬱悶，不久作〈進學解〉一文以自嘲。文中以一博士先生教導弟子卻遭弟子的挖苦責難來發洩自己心中的不平，筆調詼諧有趣，富有諷刺意味。

當朝宰相武元衡、李吉甫、李絳讀到這篇文章以後都非常讚賞，說：「韓愈的學識非常精深博大，文筆雄健，是個修史的好材料呀！」元和八年（八一三年），韓愈升官為比部郎中（刑部屬下負責掌管督辦錢糧物資的官員）、史館修撰（中書省屬下史館負責編修國史的官員）。

韓愈是唐代古文運動的領袖，他用畢生的精力倡導和從事古文運動，尤其是在促進唐代文風、文體改革，發展唐代散文方面，做出了巨大的貢獻。

北宋文學家蘇軾對韓愈的一生有過一個著名的評語，說韓愈「文起八代之衰，而道濟天下之溺；忠犯人主之怒，而勇奪三軍之帥」。前兩句是評價韓愈領導的「古文運動」的歷史貢獻，後兩句讚揚韓愈的忠勇愛國精神。

韓愈立志於散文改革，以極大的精力倡導了散文改革的古文運動，為古文運動提出了一整套理論主張，解決了前代古文家沒有解決或沒有解決好的問題。可以說，他在中國古代散文理論的發展上作出了具有劃時代意義的貢獻。他又畢生致力於散文創作，寫下了大量優秀的古文，這些古文獨具魅力，為當世和後世的散文樹立了典範，並成為中國傳統典籍中經典、正統的文體，為中國古代散文的發展開拓了一條廣闊的道路。

韓愈因諫迎佛骨被貶官潮州

唐代中期，名義上是儒、釋、道並重的時代，其實是釋、道兩家的天下。佛教非常盛行，僧侶階層地位優越，享有許多特權。他們維護統治階級的利益，從思想上麻痺人民，給社會帶來極大的危害。

唐憲宗任賢用能、刻苦自勵，經過一段時間的努力，開始顯示出一些業績，有了一些「中興」的意思。但他在這點小成績面前卻驕傲起來，漸漸要求奢侈的享受和盡情的揮霍。不僅如此，他為了像秦始皇、漢武帝那樣追求長生不老，做個永久的皇帝，開始四處尋找一種不死的「仙藥」，因而就逐漸喜歡那些神仙佛道一類的東西。

此時，韓愈因跟從裴度征討淮西吳元濟的叛亂有功，升任刑部侍郎。他從來就是反對佛教，痛恨道教和方士的虛妄。在〈謝自然〉一詩中，他斥責這種無聊的迷信，慨嘆秦始皇和漢武帝的愚蠢。他在〈故太學博士李君墓誌銘〉中寫了唐憲宗熱衷於仙藥前後的事，當時有五六個有地位的人由於服食「仙丹」中毒而亡，以此表示了韓愈對方士和仙藥的憎惡情緒。

皇帝喜歡的事情大臣們當然會極力奉承，以求升官發財。有些人，如皇甫鎛、杜奇英等人就因此被重用。這些一步登天的人在京城裡為所欲為、橫行霸道。方士柳泌哄騙憲宗說能採到長生不老之草煉藥，因而被憲宗任命為台州（今浙江臨海）刺史，還可以穿尊貴的官服。一時間，朝野上下求神拜佛，烏煙瘴氣。

憲宗元和十四年（八一九年），朝廷裡發生了佛骨事件。原來，鳳翔縣的法門寺裡有一座護國真身塔，塔內收藏著一節指骨化石，僧人們紛紛傳說是釋迦牟尼佛的遺骨，被稱為「佛骨」。佛骨每三十年展覽一次，據說能使國泰民安，五穀豐登。

這年正月，憲宗派杜英奇帶領著三十名宮女，手捧香花，到法門寺去迎佛骨。杜英奇一見發財的機會來了，忙打點上路。路上假傳聖旨，向沿途州縣敲詐勒索。沿途除紅氈鋪地、磕頭膜拜等方式隆重接待外，還必須「布施」，即捐錢來表示虔誠，而這錢也大都落入了杜英奇的腰包。

佛骨送到皇宮，供奉了三天，又在長安城內各寺院輪流公開展出。這件事轟動了整個長安城。上至王公大臣、紳士富戶，下至普通百姓，爭著向寺院布施，有的甚至因此而傾家蕩產。那些沒錢的窮人遵從和尚的教導，燒去頭髮或燒自己手指，用苦行來表示禮佛的誠心，以求能供養佛骨。供奉佛骨的寺廟非常熱鬧，每天從早到晚都人來人往，熙熙攘攘。一時間搞得滿城風雨，百姓不安，不僅影響了生產，而且浪費了無數資財。

在此之前，韓愈以刑部侍郎的身份在東都洛陽巡視公務。回京的時候，正趕上佛骨在各寺院展出，街上人煙稀少，很多鋪面和作坊都關著門，而寺院裡卻是人山人海。韓愈向路人打聽，才大體瞭解了事情的經過。他連忙回府，又向家人了解了事情的詳細經過。他再也不能容忍這種勞民傷財的愚蠢行為繼續下去，執意向皇帝進諫，力圖阻止這件事。

韓愈是一個儒家的忠實信徒，封建正統思想的維護者。他反對佛教和道教，因為這會浪費大量的國家財富，而託佛求福更是癡心妄想。他先找來了自己的學生張籍商討此事。

韓愈把自己的想法和打算全部告訴了他。張籍聽了微微蹙起眉頭，替老師擔心。回想德宗年間，韓愈擔任監察御史時，德宗實行「宮市」，太監們到集市上強搶強拿，粗暴蠻橫，商人們怨聲載道，紛紛要求罷免宮市。韓愈對此氣憤不過，上書德宗請求廢止宮市。德宗卻大發雷霆，把他貶為陽山（今廣東連縣）縣令。如今，他又想上書諫阻憲宗喜愛的佛事，真可謂太歲頭上動土，吉凶難料呀！

張籍深知老師的稟性，知道勸阻他是不可能的，一時滿腹的話不知從何說起，只是眼含熱淚，凝望著這位年過五旬、兩鬢染霜的老人。韓愈氣憤地說：「我深知只要一上奏章，必定是觸犯天顏，只要皇上肯聽我的建議，就是粉身碎骨又何懼？」

不久，韓愈不顧朋友、親人的勸阻，不顧剛剛戴上的烏紗帽，毅然地寫出了〈論佛骨表〉一文，遞與憲宗，以諫阻憲宗。

文章的一開始說明佛教未傳入中國之前，國泰民安，國君都享有高壽。然後舉例，說黃帝在位一百年，活了一百一十歲；少昊在位八十年，活了一百歲；舜和禹年齡都是一百歲；商湯王、周文王都活了九十多歲。那時天下太平，百姓安寧，並不是因為佛教而造成的。接著列舉事實說明佛教傳入後相繼出現的動亂局面：漢明帝誠心禮佛，在位僅十八年，其後禍亂不斷，福運不長；南朝的宋、齊、梁、陳以來，禮佛更加虔誠，可惜在位的時間更短。由此可見越是對佛敬奉的君主，越沒有好下場。然後，文章聯繫現實，歷數了佛教蠱惑人心、傷風敗俗、危害百姓、揮霍資財的種種罪惡。文中指出：皇上令群僧到鳳翔迎接佛骨，並接入皇宮，又讓各寺輪流供奉。老百姓看到皇上這樣誠心敬佛，以為自己更應該捨身事佛，這樣就造成了為信佛而傾家蕩產，本應該做的事也拋棄不做了。長此以往，一定會有斷臂割肉、燒髮焚身、傷風敗俗的事情發生，最終造成極大的災難，被別國所恥笑。文章最後談到，佛祖本是外國人，不通中國語言，不懂中國禮儀。如果活著到中國的話，皇上只要接見他一次，賞賜些財物，禮送出境就可以了。現在一節死去多年的人的朽骨，皇上怎麼能讓這樣汙穢不堪的東西進入皇宮大內呢？懇請皇上派人把它投入水火之中，以斷絕天下人的癡心妄想，這正是聖君應該做的。如果佛真有靈，降下災禍，我願全部承擔，毫不怨恨後悔！

韓愈的這篇文章言辭懇切，分析透徹，說理有力，深刻感人。奏章不久到了憲宗的手裡，他看罷奏章，非常吃驚，竟然有如此狂妄膽大的臣子！有這樣不知死活指責皇帝過失的臣子！最可惡的是，他竟敢說信佛的皇帝都短命，這不是在咒我早死麼！豈能容這種不知高低的狂徒在我身邊。於是向大臣們說道：「韓愈說朕奉佛太過，朕還能容他。可是作為人臣，竟咒朕短命，狂妄到如此地步，不可饒恕。」堅決要殺死韓愈。

韓愈因此再次厄運當頭。幸虧有宰相裴度、崔群等大臣的極力勸諫，才使憲宗漸漸息了雷霆之怒，免了韓愈的死罪。韓愈逃脫了殺身之禍，但刑部侍郎的烏紗難保。不久，朝廷下詔，貶韓愈到離長安七千六百多里的南方海邊的潮州（今廣東潮安）做刺史，韓愈從此開始了第二次貶官生涯。

潮州離長安近八千里。據當時的一般情況，被貶逐到那裡的人，很少能有生還的希望。當時，韓愈的小女兒正在病中，聽說爹爹諫迎佛骨險遭殺身之禍，受到驚嚇，病情轉重，危在旦夕。然而，韓愈是戴罪之身，不容停留。那些執法的差役更是如狼似虎，把韓愈當成重犯，即日便押解著上路，不許他和家人告別。韓愈仰天長嘆，無奈撇下病重的女兒和家人，隻身上路了。

在藍田縣藍田關，他的侄孫韓湘冒著風雪趕來送他，韓愈悲嘆地寫了一首〈左遷至藍關示侄孫湘〉詩。這首詩描寫了自己的不幸遭遇和悲憤心情，他忠心耿耿地上表諫迎佛骨，卻得到貶官潮州的下場，一腔怨憤何處訴說！

韓愈離京不久，他的妻兒家小也被驅出京城。重病的小女兒被迫隨家上路。一家人沿著韓愈押解的方向追趕。全家追至商山（今陝西商縣東南）時，終於追上了韓愈。可是小女兒已病入膏肓，路途上又無藥可治，勉強見了爹爹一面後，就身亡了。韓愈悲痛欲絕，老淚縱橫，把女兒草草埋葬於路邊。可是戴罪之身，還得繼續趕路，於是全家同往潮州。

一路上，韓愈百感交集，心情十分矛盾。有時他對自己敢於直言上書而感到驕傲，有時又想何必與世為敵、太歲頭上動土而危及自身和家屬的安寧呢？這種種無情的遭遇對韓愈的心理打擊實在是太大了，他甚至開始後悔自己做事的直率，對即將赴任的潮州也產生了恐懼。

然而離潮州還是越來越近。經過兩個多月的跋山涉水，終於在元和十四年（八一九年）三月十五日到達潮州上任了。

韓愈明白，要想生還，只能徹底改變自己原來所持的直言無忌的態度，盡量使自己恭順從命，這樣才有可能得到皇上的寬恕，赦免罪過，結束放逐的命運。

不久，韓愈向憲宗寫了〈潮州刺史謝上表〉。在文章的開頭，韓愈承認自己狂妄愚陋，不識禮節，觸犯了皇上。皇上不僅免了他的死刑，而且還有官做，所以上書深謝皇恩。文章接著推崇憲宗的神聖、威武、仁治，大肆稱頌憲宗的文治武功，並建議憲宗制定樂章，祭告神明，巡視泰山，舉行封禪大典。文章最後對自己的文學才能有些自吹自擂，但又悲嘆自己戴罪被貶之身，不能參加封禪這一千古難逢的盛會。

韓愈擺出一副乞憐討好的模樣，期望憲宗能開恩赦免他，把他調回京城任職。可是在這篇文章裡，他的話說得極有分寸，他只承認「不識禮度」，「言涉不敬」，卻隻字不提憲宗過度信奉佛教的問題。這從另一側面說明，他並沒有承認自己的行為有什麼錯誤。

元和十四年七月，憲宗冊尊號為「元和聖文神武法天應道皇帝」。為了祝賀這一盛典，韓愈再次寫了〈賀冊尊號表〉，以求憲宗能寬恕他，不僅能加薪，而且能有一個好的職務。這篇文章沒有任何實質性的內容，全都是漂亮的奉承話。說什麼陛下功德無量，天地感動；說什麼百姓安定，祥瑞齊降；說什麼陛下美名四揚，名實相當，聖明超今冠古。

韓愈說這些奉承話的目的，無疑是引起憲宗的注意，請憲宗重用自己。的確，〈謝上表〉和這個〈賀冊尊號表〉引起了憲宗的注意，博得了憲宗的好感，甚至使憲宗理解到自己錯怪了韓愈的好意，誤解了韓愈的一片忠心。憲宗也為自己的行為感到後悔，並有意要重新啟用韓愈。

韓愈一方面上表駁得憲宗的好感，另一方面也盡一個地方官的責任，為百姓做點好事。他寫了五首祭神文：祭湖神文、祭止雨文、祭城隍文、祭界石文及大神文。目的是祈求神靈的保祐，讓老百姓豐衣足食，讓潮州界內安定祥和。

不久，韓愈得悉潮州西面的水潭中有大鱷魚，吞吃了不少老百姓家的牛、羊。為除此鱷魚，他想出了辦法：鱷魚最怕硫磺，如果把死豬羊塗上硫磺拋入水中，鱷魚聞到豬羊身上的硫磺味，也許以後就不敢再吃老百姓養活的家畜了。這樣就可以為百姓除掉這個害人的東西。

第二天，韓愈帶著十幾名隨從人員，來到城西的水潭邊，把準備好的一豬一羊推入水潭中。接著，韓愈拿出連夜寫好的〈祭鱷魚文〉，高聲朗讀起來。文中寫道：刺史受天子之命來這裡治理百姓，而鱷魚卻常來吃百姓的家畜，使百姓不安，同刺史作對。刺史雖然懦弱，但也不容鱷魚如此囂張。潮州南面是大海，那裡有很多食物，鱷魚可以到那裡去。現在命令你們三至七日之內離開此地，如不服從，那就是不聽從朝廷命官。刺史就要選拔猛士，用強弓毒箭射入水中，來殺盡鱷魚！

說來也巧，幾天過後，潭中沒有了鱷魚的影子，百姓的家畜再也不受鱷魚的侵害。這件事被爭相傳頌，並且說得越來越神。老百姓都非常感激韓刺史，從此，韓愈在潮州的名聲大振。

韓愈在潮州辦的另一件大事就是興辦學校。除掉鱷魚害後不久，韓愈上呈了一份〈潮州請置鄉校牒〉。在這篇文章中，主要說明了治理國家不能光靠政令刑罰，還要依靠德、禮等人倫教化。在選擇教師上，他選了德才兼備的趙德。文中還提到他自己掏腰包來建校舍等辦學投資。這件事又使韓愈的政治砝碼加重了一些。

憲宗收到了韓愈的表章以後，對韓愈有了重新認識，他諒解了韓愈過去的行為，並對之前的處罰有了後悔的意思，但對韓愈咒他短命的事依舊耿耿於懷。

不久，憲宗召集大臣，提出要再次啟用韓愈，徵求大臣們的意見。此時，宰相裴度站出來替韓愈求情，並說韓愈在潮州驅鱷魚，建鄉校，做了很多仁德之事，宣揚了陛下的仁義聖明，百姓齊謝皇恩。因此，皇上理應召他回京，官復原職。

而宰相皇甫湜本來就嫉妒韓愈，連忙出班阻撓，說韓愈畢竟狂妄自大，還詛咒聖上短命，先不忙調他回京，可以酌情調到近點地方做官。於是憲宗聽從了皇甫湜的諫議，將韓愈調為袁州（今江西宜春縣）刺史。

韓愈在潮州只有幾個月，為潮州地方做了一些好事。潮州百姓為了懷念他，特地為他立碑修廟。

劉禹錫兩遊玄都觀

劉禹錫（七七二—八四二年），字夢得，河南洛陽人，與白居易齊名，是中唐時期著名詩人。他的詩充滿著遭貶而不改其志的樂觀爽朗，也有被貶後理想無法實現的滿腹惆悵。

貞元九年（七九三年），劉禹錫二十多歲，第一次應試便幸而中進士。次年，又以文「登吏部取進士科」，授太子校書。貞元十九年冬被擢升為監察御史。唐順宗即位時，有一段時間體弱多病，很少過問政事。劉禹錫與出身寒微、才華橫溢的王叔文相交甚密，王叔文也非常欣賞劉禹錫的詩文及人格，「嘗稱其有宰相器」。於是他們二人與王伾、柳宗元等共同成為革新派的代表人物。劉禹錫因此再次受到提拔，改任屯田員外郎，兼判度支鹽鐵案。這些雄心勃勃的有志之士共同商榷的改革方案，順宗看後言聽計從，但引起守舊派的強烈不滿。守舊的大臣官們極力削減革新派的力量，進行殘酷的打擊和無恥的誹謗，後來又勾結藩鎮發動「宮廷政變」，順宗被迫退位，致使革新運動以失敗告終。這些思想進步的政治家有的被害，有的被貶。劉禹錫倖免於殺身之禍，因「扶邪亂政」的罪名被貶至朗州達十餘年。

在朗州這段時間裡，劉禹錫筆耕不輟，以詩歌為武器，表達自己的憤慨，來昭示自己不屈的鬥爭精神。正如〈詠史二首〉之一中寫道：「世道劇頹波，我心如砥柱。」劉禹錫在朗州以幽默的筆調給曾任御史中丞的竇群寫了一封回信〈答容州竇中丞書〉，信中僅用二百八十多字，有力地諷刺和抨擊了儒生們的趨炎附勢、見風使舵、欺世盜名、搖唇鼓舌的醜惡、虛偽的本質。語言辛辣，字字如針般直接紮入道貌岸然的「偽」儒生們：「世之服儒衣冠、道古語、居學官者，為不鮮矣。求其知所以然者幾何人？……異日見道大行，則言益重，使儒者之的懸於舌端，不得讓也。由是知辱教之喜，可勝既乎？！」劉禹錫諷刺那些儒生們：「今夫挾弓注矢、溯空而發者，人自以為皆羿可矣。」竇中丞口口聲聲自詡為儒生，劉禹錫給予有力的回擊。這也是劉禹錫雖身陷困境也不變其節，不向守舊派搖尾乞憐的有力寫照。「永貞革新」失敗後，韓愈大肆宣揚天能「賞功」、「罰禍」的謬論，劉禹錫的好友柳宗元作〈天說〉，以折韓愈之言。劉禹錫作〈天論〉，進一步發揮了柳宗元的唯物主義哲學思想，在更為深廣的層次上來討論天人關係問題。〈天論〉上、中、下三篇，有力論證了「人能勝乎天者，法也」的觀點。

八一五年，劉禹錫又從朗州被召回京都。暮春時節，他隨好友柳宗元到城外玄都觀踏青。絡繹不絕的行人都在議論剛剛看花回來。在劉禹錫任屯田員外郎時，玄都觀並無什麼花可言。帶著迷惑他步入玄都觀，觀裡盛開的桃花盡收眼底，他欣賞著迷人的景色，忽生感慨，聯想到橫行霸道、權傾京師的保守派，恨之入骨，於是藉賞花為題，帶著極度的蔑視，寫下了〈元和十年自朗州承召至京戲贈看花諸君子〉的嘲諷詩：「紫陌紅塵拂面來，無人不道看花回。玄都觀裡桃千樹，盡是劉郎去後栽。」這首詩深刻地揭示了宦官、守舊派們得勢的史實，諷刺當朝的盡是紅極一時的勢利小人。因其針對性強，形象鮮明生動，很快在長安城內流傳開來。「有素嫉其名者，白於執政，又誣其有怨憤……」，因此守舊勢力群起而攻之，劉禹錫遂因「語涉譏刺，執政不悅」而再度遭貶為播州刺史。柳宗元考慮到劉禹錫母子二人到偏僻的播州生活困難，自願與其對換。後來憲宗改授他為連州（今廣東連縣）刺史。

到連州後，他並未因宦官、藩鎮的群劾而動搖他的戰鬥意志，反而激起了他的強烈憤慨。他的詩多為歌頌各地平定的叛亂。八一七年，被稱為「漢家飛將」的李愬親自掛帥平叛了藩鎮勢力佔據的蔡州。劉禹錫得知這個勝利的喜訊後，立刻作〈平蔡州三首〉詩表達自己的喜悅心情。蔡州的平定引起「狂童」李師道的恐慌，漸生歸順之意，但後來賊心不改，繼續霸占淄、青等十二州，引起龍廷震怒，遂發兵聲討這股負隅頑抗的藩鎮勢力，凱旋而歸。

被李師道祖孫三代強占達五十四年之久的淄、青等十二州的人民載舞歡歌。劉禹錫在其詩〈平齊行二首〉中淋漓盡致地描繪了這次惡戰的始末，也寫出了將士、百姓雀躍歡呼的激動場面：「帳中虜血流滿地，門外三軍舞連臂」，「朝廷侍郎來慰撫，耕夫滿野行人歌」。從詩中看出唐王朝結束藩鎮割據，求天下統一太平真是人心所向。

元和十三年（八一八年），佛、道兩教盛行，唐憲宗為求長生不老，下詔求方士，找靈丹妙藥。同時，人民受到痲痺，有病紛紛拜神求道，不找郎中。具有耿介性格的劉禹錫了解到這種現狀後，不改其英雄本色，在〈答道州薛郎中論方書書〉中藉讚揚薛郎中來宣揚醫療的作用，要「寄餘術百藝以洩神用」，「率以弭病於將然為先，而攻治為後」。再一次批判了「禱神佞佛」等迷信謬論。

十四年後，劉禹錫再度被召回長安城。同一個時節不一樣的心情，再度舊地重遊，難免有些感慨。時光才過去十幾年，卻事過境遷，昔日玄都觀裡盛開的桃花杳無影蹤，昔日栽種桃樹的道士也不知去向，昔日熱鬧非凡的玄都觀而今變得冷冷清清，偌大的一個道觀死氣沉沉，庭院裡布滿了青苔，開滿了野菜花。這多像朝政的巨大變化呀，不久前還大紅大紫的權貴，轉眼間風消雲散。詩人再度置身於玄都觀中，思緒萬千，帶著勝利者的自信，又揮筆而就一首新詩，此即〈再遊玄都觀絕句〉並引：

余貞元二十一年為屯田員外郎，時此觀未有花。是歲出牧連州，尋貶朗州司馬。居十年，召至京師。人人皆言：有道士手植仙桃，滿觀如紅霞。遂有前篇，以志一時之事。旋又出牧。今十有四年，復為主客郎中，重遊玄都，蕩然無復一樹，唯兔葵燕麥動搖於春風耳。因再題二十八字，以俟後遊。時大和二年三月。

百畝庭中半是苔，桃花淨盡菜花開。
種桃道士歸何處？前度劉郎今又來！

此詩戰鬥性更加強烈。時人評曰：「其鋒森然，少敢當者。」的確，詩人是名副其實的勝利者。勢利小人即使能囂張一時，終究只是歷史的過客；只有懷抱理想、意志堅強的革新人士，才能笑傲春風，成為歷史的創造者。兩遊玄都觀，景色是那樣的不同，前後兩首詩作，卻貫穿著同樣的戰鬥精神。這是詩人對現實的揭露，更是詩人崇高人格的自我寫照。作品為後人留下了歷史的記錄，更展現出進步人士在與惡勢力鬥爭中不屈不撓的高大形象。

劉禹錫寫寓言的體例主要有兩種，一是寓言散文，二是寓言詩。寓言是用假託的故事或自然物的擬人手法來說明某個道理或教訓的文學作品，常常有諷刺或勸誡的性質。寓言散文則是具有寓言特點的一種散文體。長慶二年（八二二年），劉禹錫任夔州刺史，在此期間創作了寓言散文——〈因論七篇〉，包括：〈鑑藥〉、〈訓𧦬〉、〈漢牛〉、〈儆舟〉、〈原力〉、〈說驥〉和〈述病〉。這些寓言體的散文既不是標準的議論文，也不是標準的寓言體。如〈鑑藥〉篇，主要講述了自己求醫看病，醫生對症下藥後藥到病除，可是他聽信俗人之言，為求補益，在痊癒後繼續服藥，反而產生嚴重的後果。劉禹錫在這裡闡述了「過猶不及」的人生哲理。其他幾篇也類似，都是從個人經歷見聞中生發哲理性感悟，因而他在〈因論〉篇首引言中說：「造形而有感，因感而有詞，匪言匪寓，以因為目，〈因論〉之旨也云爾。」寓言詩則是運用詩的語言講述簡短生動的故事，具有寓言特徵。劉禹錫被稱為中國最著名的寓言詩人。他善於觀察，善於思考，用其政治家獨特的眼光冷靜地觀察社會，冷靜地分析社會，創作了一大批影射現實的寓言詩。

劉禹錫為官學寫民歌

劉禹錫少年時代家居江南，「安史之亂」波及江南比較少，因此他在安定的環境中接受了良好的教育，又受詩僧皎然、靈澈詩風的薰陶，少年時就顯現出他的文學才能。七九三年，劉禹錫二十二歲便中進士，踏上仕途之路後可謂風風雨雨，多半過著貶謫生活。

順宗李誦抱病即位時，唐王朝的內部矛盾日趨尖銳，藩鎮割據，宦官統治禁軍，國庫匱乏，支大於收，官府橫徵暴斂，人民生活在窮困潦倒之中。針對這一社會現實，以王叔文為代表的「二王劉柳」等有志之士，為了救民出苦海，改變滿目瘡痍、生靈塗炭的現狀，於八〇五年進行了歷史上有名的「永貞革新」政治運動。劉禹錫在這次運動中充分發揮了其卓越的才幹，如他自己所述：「盡誠、徇公。」但這次運動僅僅維持了一百四十六天，在藩鎮、宦官的聯合誹謗打擊下宣告失敗。王叔文被賜死，王伾含冤歸向黃泉，劉禹錫、柳宗元等八人同時被貶為司馬，史稱「二王八司馬」事件。劉禹錫從此走上了貶謫之路。他先被貶至朗州，十年後，被召回長安城，由於寫詩「語涉譏刺」被貶為連州刺史，五年後又到夔州當刺史。

劉禹錫在朗州時，就對民歌產生了興趣，他在〈上淮南李相公啟〉中說：「岷謠俚音，可儷風甚。」他創作的〈採菱行〉以其輕鬆愉快的曲調歌唱了少女採菱的盛景，這是他學寫民歌的起點。八一六年，劉禹錫被貶為連州刺史，他閒庭信步到了連州城下，偶然登上城樓，看見農民在田間勞作的場景，有所感慨，揮筆而就〈插田歌並引〉：「農婦白紵裙，農夫綠簑衣。齊唱田中歌，嚶嚀如〈竹枝〉。但聞怨響音，不辨俚語詞。時時一大笑，此必相嘲嗤。」詩中借白描手法，以清新的筆調讚美了插田歌唱的勞動場景。勞作結束，秧苗整齊，村落上空炊煙裊裊，「黃犬往復還，赤雞鳴且啄」，寫到此處，詩人筆鋒一轉：「路旁誰家郎，烏帽衫袖長。」有力嘲諷了一心向上爬的計史。在連州，劉禹錫漸漸了解了民俗民情。唐穆宗長慶二年，「詩豪」貶至被稱為「竹枝詞」故鄉的夔州，開始正式學習民歌。作品以清新見長。〈竹枝〉原是古代流傳下來的音樂、舞蹈於一體的民歌。竹枝詞是一種「語言通俗，音調輕快」的詩體，形式都是七言絕句，多歌詠民俗風情和男女戀情。荊湘、巴渝間的民歌引起劉禹錫濃厚的興趣，他開始有意識地學習民歌。〈竹枝詞序〉說：

四方之歌，異音而同樂。歲正月，餘來建平，里中兒聯歌〈竹枝〉，吹短笛，擊鼓以赴節。歌者揚袂睢舞，以曲多為賢。聆其音中黃鐘之羽，卒章激訐如吳聲，雖傖佇不可分，而含思宛轉，有淇澳之豔。昔屈原居沅、湘間，其民迎神，詞多鄙陋，乃為作〈九歌〉，到於今荊楚鼓舞之。故餘亦作〈竹枝詞〉九篇，俾善歌者揚之，附於末。後之聆巴歈知變風之自焉。

劉禹錫仿寫〈竹枝詞〉，廣泛汲取了當地民歌的營養，開闢了一條文人詩與民歌相結合的廣闊道路。現共有十一篇作品傳世。這些民歌體小詩抒情寫景生動活潑，清新自然，情調淳樸健康，意蘊深遠。如〈竹枝詞九首〉其二云：

山桃紅花滿上頭，蜀江春水拍山流。
花紅易衰似郎意，水流無限似儂愁。

這首小詩細緻描繪了巴山蜀水的美麗圖畫，韻律自然，借桃花流水抒發心上人的薄情與女子的愁情。又如〈竹枝詞二首〉其一云：

楊柳青青江水平，聞郎江上唱歌聲。
東邊日出西邊雨，道是無晴卻有晴。

這首民歌琅琅上口，最為後人所稱道。一對青年男女在楊柳青青的江畔邂逅，男子佯裝不知，唱起了優美的情歌，聲聲撥動著女子的心弦。在焦急中等待的女子漸漸聽出了歌中所飽含的深情，又有所懷疑。劉禹錫便以「東邊日出西邊雨」來表達女子的複雜心情，採用六朝民歌諧音雙關的表現手法，以「無晴」諧「無情」，以「有晴」諧「有情」，把兩種不相關的事物統一成一種耐人回味的美妙意境，男女青年表達愛情的方式也委婉含蓄而富有情致。劉禹錫的民歌作品除〈楊柳枝詞〉外，還有〈踏歌行〉、〈堤上行〉、〈浪淘沙〉等作品，大多都是對愛情的歌唱，富有濃郁的民間特色和鄉村生活氣息：「濯錦江邊兩岸花，春風吹浪正淘沙。女郎剪下鴛鴦錦，將向中流匹晚霞。」（〈浪淘沙〉）

〈踏歌詞〉四首學習江淮民歌的清新風格，語言精當，含蓄婉轉，語意雙關。

春江月出大堤平，堤上女郎連袂行。
唱盡新詞歡不見，紅霞映樹鷓鴣鳴。

詩中藉「新詞」來喻指革新思想。可見孤直耿介的劉禹錫即使身處風景旖旎嫵媚的田園，也不忘自己的鴻鵠之志；即使革新道路艱難曲折，也要堅持不懈地努力走下去。如：「年年波浪不能摧」，「少時東去復西來。」表現了詩人永不低頭乞憐、不隨波逐流的精神。劉禹錫的民歌體小詩自成一家，形成了獨樹一幟的特點，既有生活的熱情，也有冷靜的思考，藉以表現自己的高尚氣節和不屈的性格。

在唐代詩人中，劉禹錫堪稱「奇才」（王安石語）。他最注重學習民歌，詩作「詞意高妙」。到晚年任蘇州刺史時，返洛陽途中，他也沒放棄民歌的寫作，語言愈發精煉。如〈楊柳枝詞九首〉中的一首：

塞北梅花羌笛吹，淮南桂樹小山詞。
請君莫奏前朝曲，聽唱新翻楊柳枝！

劉禹錫的民歌小體對後人影響很大。「緣於民歌，又高於民歌。」李煜〈虞美人〉詞中的「問君能有幾多愁，恰似一江春水向東流」這一千古吟唱的名句，便承襲〈竹枝詞〉。後世文人的競相傳誦，使劉禹錫創作的新詩體亙古不衰，堪稱詩史上一大創舉。清代王士禎《帶經堂詩話》中評：「〈竹枝〉詠風上，瑣細詼諧可入，大抵以風趣為主，絕句迥別。」翁方綱也說：「以〈竹枝〉歌謠之調，而造老杜詩史之地位。」

柳宗元筆下的寓言故事

柳宗元（七七三—八一九年），字子厚，河東人，唐朝中期著名的思想家、文學家、教育家。二十一歲中進士，官至監察御史里行、禮部員外郎。後因參加王叔文為首的政治改革失敗，被貶為永州司馬，後改貶為柳州刺史。八一九年卒於任所，年僅四十七歲。

柳宗元在唐代文學史上以詩文並稱，不僅是出色的詩人，也是傑出的散文家，為唐宋散文八大家之一。柳宗元尤其善於寫寓言，以淺白生動的故事講出幽深精微的道理，來諷刺腐敗的社會政治，描摹冷酷的世態人情。他的寓言短小精悍，言盡旨遠。

寓言在我國起源很早，先秦散文中就有以寓言故事說理的模式。但在這些散文裡，寓言一直被當成文章的附屬，為闡述全篇的觀點提供論據，始終未能獨立成篇，得到應有的發展。隨著哲學思辨的發展，邏輯思維逐步深化，理論著作和文學作品日益各行其道，寓言創作作為一種文學樣式，不但未得到人們的肯定，反而越來越受輕視。可以說，從先秦至唐代，真正稱得上在寓言小品方面有所建樹，為寓言作出貢獻的，唯有柳宗元。

那麼，柳宗元何以對寓言情有獨鍾呢？

一方面，這與他的人生經歷有關。柳宗元出身於官宦之家，雖家世漸由顯赫入衰微，但無論從生活上還是從仕途上，他在三十歲以前都是比較順利的。他二十一歲登進士第，三十一歲為監察御史里行，並參加了王叔文集團的改革：罷宮市、免進奉、擢用忠良、貶謫贓官等，上利國家，下利人民。可惜好景不長，這場政治革新持續不到七個月，就遭到保守派勢力和宦官的反攻而失敗。順宗退為太上皇，不能再為王叔文集團撐腰；憲宗即位，視王叔文等人為異己，加以整治處罰。柳宗元在劫難逃，被一貶再貶，做了永州司馬，他的政治生涯就此走向另一個極端。這件事情對半生順利的柳宗元打擊很大，百般鬱悶集結胸中難以排遣，當時的政治環境又使他不能直抒胸臆。於是，寓言成了他最好的寄託方式，用這種曲折的筆法來寫他想說而不能直接說出的話。

從另一方面來看，柳宗元既是文學家，又是思想家，他對儒釋兩家的研究都有所造詣。他一生的主導思想是儒家思想，可他卻篤信佛教，受佛學影響至深。天竺國是佛教的發源地，也是寓言盛行的國度。據說釋迦牟尼傳教時常用譬喻說理，用民間流行的寓言故事講解佛經。柳宗元在當時文人中獨愛寫寓言，與他熟讀佛經不無關係。柳宗元的寓言作品有十篇左右，如〈蝜蝂傳〉、〈罷說〉等，都已為人熟知，但其中影響力最大的還要數他的〈三戒〉：〈臨江之麋〉、〈黔之驢〉、〈永某氏之鼠〉。

應該說〈黔之驢〉流傳最廣，「黔驢技窮」、「龐然大物」等成語，即使沒讀過作品的人也能信口說出。文中的驢是個無能而愚蠢的形象，最初它憑著身形龐大、聲音洪亮迷惑住了老虎，使其不敢對它輕舉妄動。可驢嚇唬老虎只嚇得了一時而嚇不了一世，日子久了，老虎就漸漸弄清了它的底細：「計之曰：『技止此耳！』」這頭只會一蹄一鳴的驢的下場當然是被虎「斷其喉，盡其肉」才算罷休，也許它至死都不知道老虎怎麼敢這樣放肆！這則故事表面上是說驢不該過早地把自己的全部「才能」抖摟出來，實際上是在勸誡那些無才無德的人不要試圖以貌似威武的外表戰勝對手，沒有真才實學終究是不行的，因為一旦撩開虛偽的面紗，等待他的只能是可悲的結局，所以作者最後感嘆道：「今若是焉，悲夫！」〈臨江之麋〉中的小麋鹿是個很可憐的形象。它被人獵捕到家裡養著，主人未對它下手，家裡的狗卻一直對它垂涎，只是害怕主人才「與之俯仰甚善」。狗和麋鹿相處了很長時間倒也平安無事，皆如人意，於是麋鹿「忘己之麋也，以為犬良我友」。後來麋鹿外出，看見別家的許多狗，走過去要和它們玩鬧，根本沒把它們當成敵人，那些狗可不管別的，「共殺食之，狼藉道上」。麋鹿的錯誤在於沒有分清敵我，過分輕信別人，所以至死都沒弄清是怎麼回事。柳宗元稱麋鹿是「依勢以幹非其類」，顯然是包含著麋鹿和狗的故事之外的故事。

〈永某氏之鼠〉中的老鼠才真是可恨又可惡的小人的化身。它們仗著主人怕犯忌而對它們不予理睬，就肆意妄為，造成「某氏室無完器，椸無完衣，飲食大率鼠之餘也」，著實害人不淺。好在這樣的日子不會永久地繼續下去，某氏搬家之後，新來的主人「殺鼠如丘，棄之隱處，臭數月乃已」。老鼠得到了它該有的報應。柳宗元為那些「以其飽食無禍為可恆也哉」的人預知了將來，告訴他們若是一味地「竊時以肆暴」，那就會和老鼠一樣遭報應的。

柳宗元在〈三戒〉的序中說寫作此篇的目的是厭惡世間之人「不知推己之本，而乘物以逞」，奉勸那些人好自為之，不要至死不悟。

〈三戒〉是柳宗元貶居永州時的作品。他當時的心境寂寞蒼涼，雖然報國之心猶在，究因橫遭殃禍而鬱悶難解，思想上矛盾重重。他此期的作品大多譏諷塵俗冷酷醜惡的世態人情，往往三筆兩筆就能勾勒出世人世事不可告人的本來面目。在寫作技法上柳宗元也稱得上嫻熟醇厚，通過看似平淡的故事講出意味深長的哲理。他豐富的想像力加上清雋含蓄、幽默詼諧的語言，創造出了許多獨樹一幟的形象，像虎、驢、蝜蝂等，已成為人們形容某一類人的典型。

總之，柳宗元可以稱得上是我國歷史上著名的寓言作家，他把我國寓言創作提高到一個新的水平，開闢了另一片天地。

造福柳州一方百姓的柳刺史

元和十年（八一五年）正月，貶居永州的柳宗元迎來了政治上的轉機：朝廷下詔召他回京。

柳宗元接到詔書後，憂喜交集，既擔心進京後會遭到更大的迫害，又對有機會進京重返政界感到高興。他在貶居永州的漫長歲月裡，表面上寄情山水，悠閒自在，但他內心裡時刻準備著，期盼有朝一日能為國效力。所以，一接到詔書，立即收拾行裝，離開愚溪，踏上進京之路。經過一個月的長途跋涉，回到了令他魂牽夢繞的京城。這次與柳宗元同時被召的，還有劉禹錫、韓泰、韓曄、陳諫四人。

柳宗元等人到京以後，當時的宰相韋貫之很同情他們的遭遇，打算安排他們在朝廷任職。但是，他們的政敵、握有實權的武元衡等人，嫉妒他們的才幹，又怕他們在朝廷任職威脅到自己的權勢，把他們當做心腹之患，想方設法排擠他們。偏偏就在這個時候，劉禹錫寫了一首〈戲贈看花諸君子〉：「紫陌紅塵拂面來，無人不道看花回。玄都觀裡桃千樹，盡是劉郎去後栽。」這首詩嘲諷了那些飛黃騰達的新貴們，他們大為惱怒，以此作為「無悔過之心」的證據，向唐憲宗提出堅決反對柳宗元等人在朝廷任職的意見。這正合唐憲宗的心意，於是很快作出決定，改貶他們五人出任偏遠之地的刺史。

柳宗元本是滿懷希望而來，期盼重返政界，施展抱負，實現自己的政治理想，但事與願違，遭到意外的懲罰，被貶為柳州刺史，官職雖稍有提升，卻被打發到更僻遠、更艱苦的地方去了（按古代里程，柳州比永州遠兩千餘里）。理想又一次破滅，前途更加迷茫，使他的心情十分沮喪。但君命不能不從，柳宗元只得去柳州赴任。

柳州是府治，下轄五個縣。在唐代，這裡是一片蠻荒之地，樹木參天，雜草叢生，毒蛇猛獸，隨處可見。正如他在〈寄韋珩〉的詩裡所說的那樣：「陰森野葛交蔽日，懸蛇結虺如蒲萄。」這裡曾經一度被中原人視為畏途險境，因此，朝廷往往把一些所謂犯了大罪的官吏貶謫到這個地方。據史書記載，從秦漢到北宋，這裡一直是謫放罪人的地方。南宋以後，這種情況才逐漸有所改變。當時的柳州土地荒涼，人口稀少，社會很不安寧，偷盜、搶劫事件頻頻發生，屠宰牲畜、虐殺老人的現象屢見不鮮，景象十分淒慘。人們生病後，不去求醫問藥，而是「聚巫師用雞卜」，甚至殺牲口來祈禱。如仍不見好，就讓病人躺在床上等死。當柳宗元親眼看到柳州城鄉的不良風氣和百姓這種貧困、迷信、不開化的情形時，心情是極其複雜的。但他對於事業有一種執著、剛毅的性格。他曾說：「是豈不足為政耶？」（韓愈〈柳子厚墓誌銘〉）難道在這樣惡劣的條件下就不能在政治上有所作為嗎？雖然是苦惱悲傷，情緒低落，但他深知自己作為地方官的責任，下決心用手中有限的權力在柳州幹一番事業，實踐「無忘生人之患」的諾言。

柳宗元到柳州實施的第一項重大舉措就是廢除奴俗，解放奴婢。奴婢是唐代社會最低下的等級，「奴婢賤人，律比畜產」（〈唐律疏議〉）。對主子來說，奴婢和牲畜、土地一樣都是自己的私有財產。而柳州還盛行這樣一個不良習俗，借錢時用男人或女人作抵押品，過期不還錢，抵押的男女就成為債主的奴婢，這就使窮苦人隨時都有淪為奴婢的危險。所以，柳州人口雖然稀少，但奴婢的相對數量卻很多，這嚴重阻礙了生產力的發展。柳宗元下決心要廢除這項殘酷的剝削制度，於是他制定了一項解放奴婢的政策，規定奴婢可以用錢贖身，對於拿不出贖身錢的人，可以從淪為奴婢之日起，向主人計算工錢，當工錢與債款相抵，奴婢身份就自動解除。這項制度廢除了奴婢與主人的人身依附關係，把奴婢看作僱工或傭工，從而使債務奴婢獲得了自由。桂管觀察使裴行立很讚賞柳宗元的做法，便拿去在柳州附近的幾個州縣推廣，結果不到一年，就有一千左右的奴婢獲得了自由。這項頗具革新意義的措施，充分體現了柳宗元出色的施政能力和政治上的遠見卓識。

奴婢獲得解放，勞動熱情日益高漲，柳宗元便引導百姓發展農林生產，改善物質生活條件。他寫的〈柳州復大雲寺記〉中，記載了他組織百姓在柳江南岸開荒拓井的情況。開墾出來的荒地，經過一番整修，有的用來種菜，有的用來種竹子，僅大雲寺旁邊就開墾菜園「百畦」，種竹「三萬株」，可見規模不小。他還向百姓傳授種柑技術，親自到柳州城西北角的空地上種了二百棵柑橘。在他的示範帶頭下，種柑技術很快在百姓中普及，柑果業在柳州地區逐漸發展起來了。

柳宗元具有很高的文學修養，又略通醫學，他深知提高百姓的文化素質和身體素質的重要意義。所以，他在治理柳州時，特別重視文教衛生事業。他興辦學堂，恢復了已廢棄多年的府學，力圖通過傳播中原地區的先進文化，提高百姓的文化水平。他還利用閒暇時間，栽種仙靈毗、木槲花等中草藥，收集藥方，並結合自己治病的切身體驗，總結出〈治霍亂鹽湯方〉、〈治疔瘡方〉、〈治腳氣方〉，並向百姓宣傳推廣，設法用文明來克服愚昧迷信。

柳宗元到柳州，政治上的挫折再加上疾病的折磨，使他的身體越來越衰弱。但他不顧個人安危，集中精力處理州政，興利除弊，經過幾年的治理，取得了顯著的成效。柳州的街道整齊清潔，草木蔥翠，大部分百姓的住房已經翻新，還建造了許多船隻，發展了水上交通運輸事業，加強了柳州與外界的聯繫，社會秩序日趨安寧，許多逃亡在外的人也紛紛歸來，柳州的面貌發生了翻天覆地的變化。韓愈在〈柳州羅池廟碑記〉中，詳細記述了柳宗元在柳州的政績並給予很高評價。

但是，長期以來精神與肉體上的雙重折磨，使柳宗元不堪重負。元和十四年十一月初八（八一九年十一月二十八日），心力交瘁的柳宗元一病不起，不幸病逝於柳州住所，帶著事業未完的遺憾和遭遇不平的憤恨離開了他的親人和朋友。對於柳宗元的病逝，柳州人民深感悲痛，他們在羅池為柳宗元建廟，奉他為羅池之神，並修建了柳宗元衣冠墓，以表達對柳宗元的深切懷念之情。

記述廉官的〈段太尉逸事狀〉

唐代著名文學家柳宗元以山水遊記享有盛名，其寓言在中國文學史上也有著獨特的地位，而他的傳記文章數量也較多，尤其是人物傳記，文學性強，是《史記》人物傳記散文的發展，〈段太尉逸事狀〉便是其中的代表作。

「逸事狀」是「行狀」的變體。「行狀」是指記述死者生平事蹟，供撰作正式傳記者參考的傳狀類文體，而「逸事狀」則只記錄逸事（軼事），至於死者的世系、名字、爵里、壽年以及其他生平事蹟，不詳細記載。這篇傳記寫於元和九年（八一四年），當時柳宗元被貶在永州。他寫這篇文章的目的是想給史館提供史料，但並沒有被採用，直到宋代宋祁等人修撰《新唐書》才被改編進去。

作品中主人公段太尉，名秀實，字成公。唐代汧陽（今陝西千陽縣）人，因安定邊境有功，累官至涇、原、鄭、潁節度使、司農卿。德宗建中四年（七八三年），太尉朱泚反叛，自立為大秦皇帝，想拉攏段秀實，段秀實不為所動，並用笏打得朱泚血流滿面，因此被殺。德宗皇帝知道後，非常感動，並於興元元年親自下詔，表彰他「操行岳立，忠厚精至」，追贈太尉，謚號「忠烈」。段秀實堅守氣節之精神在群眾中產生巨大反響。柳宗元於貞元十年（七九四年）到邠州（今陝西邠縣）探望叔父，遍遊邠州、寧州各地，並與「老校退卒」談話，徵訪到段秀實的一些事蹟。後來又在元和九年（八一四年）從永州刺史崔能那裡核對了這些事蹟，於是完成了這篇人物傳記。

這篇作品共分兩大部分。前一部分是記述段太尉的一些逸事，後一部分即最後一段，是柳宗元向史館呈這篇逸事狀時附給當時任修撰的韓愈的信，一方面寫出是為段太尉正名，因為當時有人認為段秀實痛打朱泚只是逞一介武夫之強，來揚名天下；另一方面介紹寫這篇文章的過程，以及材料來源的真實可靠性。

文章共寫了段太尉三件逸事。第一件事是他做涇州（今甘肅涇川縣）刺史時，當時汾陽王郭子儀的第三子郭晞駐軍在邠州。郭晞縱容士兵無惡不作，邠州的無賴也混在軍隊中，胡作非為，他們在集市上敲詐勒索，不滿意就動手打人，折斷別人手足，或者毀壞貨物，甚至撞殺懷孕的婦女。這些惡行引起人民強烈不滿，但都敢怒不敢言，連當時極有權勢的邠寧節度使白孝德也因為懼怕郭子儀的緣故不敢管。段秀實對這種行徑大為不滿，主動請求任都虞候（軍中的執法官），以整飭軍紀。就在段秀實到任的這個月裡，郭晞軍中的十七名士兵到集市上搶酒，並搗毀了酒肆，殺死了賣酒的老翁，段秀實逮捕了這十七名士兵並斬首示眾。這在郭晞軍中引起騷動，都穿起鎧甲，準備報復。白孝德非常緊張，段秀實卻鎮定自若，只帶一名跛腳老兵來到軍營中，並曉以大義，說服郭晞，化危為安。第二天，郭晞到白孝德處認錯，邠州從此再也沒有禍事。

第二件事是段秀實在任涇州刺史前，曾在白孝德手下任支度營田副使。當時的涇州大將焦令諶強佔民田數千畝，並且佃給農民租種，用高額的地稅剝削農民，恰好一年大旱，顆粒無收，而焦令諶不但不減免租稅，反而更甚。農民們走投無路，只好向段秀實申訴，段秀實判減免租稅。焦令諶知道後大怒，把告狀者打個半死，抬到庭中。段秀實看到後大泣，親自給那個農民上藥、包紮傷口、餵飯等，並把自己的坐騎賣了替他償還租稅。

第三件事是段秀實被召至京城做司農卿，告誡家人路過朱泚軍隊駐紮的岐州（今陝西鳳翔縣）時，不要接受朱泚送的任何禮物，因為這時朱泚雖然還沒有正式叛唐，但由於段秀實對朱泚的為人比較了解，已有所警惕。但段秀實的女婿在推辭不掉的情況下，還是收下了朱泚送的三百匹大綾。段秀實回京後大怒，把這三百匹大綾放在了司農治事堂的大梁上。後來，朱泚叛亂殺了段秀實後，有人把這件事告訴了朱泚，朱泚把它取下來一看，果然這三百匹大綾原封未動。

通過作者的記述，我們看到了一位廉潔自律、不畏強暴、愛民如子的清官。全篇沒有作者的讚揚、議論，但我們卻可以多方面地了解到段秀實的事蹟，這也是這篇人物傳記藝術上的獨特成就。

首先，文章佈局合理，有詳有略。如果按照事件發生的順序，應把對抗焦令諶、賣馬替農民還租的事件寫在前面，但作者卻先把嚴懲郭晞軍中士兵的事情詳細寫出來。因為這件事故事性更強，情節曲折，放在前面能一下子吸引讀者，給人首先留下了一個剛正、鎮定的形象。

其次，作者把人物放到具體的事情矛盾中去寫，而不是枯燥的講述。第一件事先寫出郭晞權勢之大而突出段秀實的不畏強權。通過段秀實只帶一個跛腳老兵與軍營全副武裝對比，突出段秀實的機智勇敢。第二件事中以另一大將尹少榮怒責焦令諶，以至焦令諶羞愧自盡，使段秀實形象更加突出，用尹少榮的口讚揚他是「仁信之人」。

再次，作者在文中使用許多個性化語言，突出了段秀實的性格。如段秀實去郭晞軍營，看到士兵穿著鎧甲出來，笑著說：「殺一老卒，何甲也？吾戴吾頭來矣。」令士兵們大為驚愕，表現出段秀實胸有成竹，鎮定自如。再如段秀實看到被打的告狀者，大泣曰：「乃我困汝。」表現他對受害者的同情及因自己連累他人而自責。再如，他女婿把朱泚送的三百匹大綾帶回京城，他說：「然終不以在吾第。」表現出他的潔身自廉。

這篇文章作者雖是想把它當做史料呈上去，但卻以文學的筆法來寫，從段秀實眾多逸事中選取最具典型性的事件來寫，多角度刻畫，文筆通俗流暢，使人物栩栩如生。這篇人物傳記與當時的傳奇相比，也是毫不遜色的。

白居易泛舟遇琵琶女

元和九年（八一四年）初冬，白居易在都城長安任左贊善大夫。這是一個不得過問政治、專門陪伴太子讀書的閒官。白居易的贊善大夫的生活是安靜的，也是單調的。但這種清閒的生活並沒持續多久，一次更大的政治風浪又衝進了他的生活。

元和十年（八一五年），平盧節度使李師道祕密派人刺殺了宰相武元衡，刺傷御史中丞裴度。一時間京城大亂，人心惶惶。軟弱的朝廷對此束手無策。白居易頗為激憤，難以坐視，首先上書，要求查明案因，捉拿兇手，以雪國恥。武元衡是在天亮時被刺死的，白居易的奏章中午已送至憲宗皇帝的御案前。白居易的忠直敢言，早已使朝廷權貴懷恨在心，於是他們便藉口白居易不是諫官，越位上書與法制不合，又說白居易對母親照顧不周，母親因看花墜井而死，而白居易作〈賞花〉、〈新井〉詩，有虧人子之道，有傷名教，不應再留在朝中。憲宗聽信了這些話，把白居易貶為江州刺史。詔書發出之日，中書舍人王涯又投井下石，上書說白居易「所犯狀跡，不宜治郡」，於是朝廷又追回詔書，改貶為江州司馬。州司馬本為州郡刺史官屬下的掌管軍事的副職，但在白居易的時代，州司馬已經成了被貶京官的名義職位，所謂「紅旗破賊非吾事，黃紙除書無我名」。

按唐代制度，被貶到外地的官員，在皇帝詔書下達之時起，便須立即上路，以致許多親友都不知道。來送別白居易的只有李建一人。就這樣，白居易滿懷淒楚與不平離開了長安，踏上了通往江州的漫漫長路。

江州在當時屬江南西道，領屬潯陽、彭澤、都昌三縣，州治設於潯陽，地處長江中游，是江南西道的一個大港，商業以茶葉、瓷器為主。

「遙見朱輪出城郭，相迎勞動使君公。」江州刺史很早就聽說了白居易的詩名，於是率一些屬員出城迎接。白居易對這種破格的待遇，感到心裡不安。初到江州，由於刺史的熱情款待，白居易在生活上還沒有感到不便，但對這次遠謫江州，始終感到憤懣不平，所以心情特別鬱悶。

白居易的司馬官舍在潯陽西門外，離湓浦口很近，北臨大江，背靠湓水。元和十一年（八一六年），在荻花雪白、楓葉變紅的蕭瑟深秋時節，一個滿目淒涼的夜晚，白居易到潯陽渡口送別一位朋友。白居易下馬送別客人上船，準備飲酒餞別。可是身邊沒有音樂助興，屬酒對客，醉意沉沉。目睹清波冷月，淒淒慘慘即將分別。忽然水面上傳來一陣動人心弦的琵琶聲，這琴聲如泣如訴，哀婉動人，吸引了白居易和他的朋友，於是「主人忘歸客不發」。循著琵琶聲輕輕地詢問是誰在彈奏，琵琶聲停了，彈奏者想回答卻遲遲未開口。白居易讓船靠近些，邀請彈奏者出來相見，添酒、挑燈，重新擺上宴席。

千呼萬喚一位女子才慢慢地走出船艙，手抱琵琶半遮面。琵琶女並不答話，坐下後便熟練地轉動了幾下軸弦，定准了弦音，先是隨意試彈了幾下，接著便用靈巧的手指正式彈奏起來。一聲聲低沉緩慢，彈奏出了心中無限的傷心往事。彈奏了〈霓裳羽衣曲〉，又彈奏了當時京城流行的曲調〈六么〉。〈霓裳羽衣曲〉是河西節度使楊敬述所獻，後又經精通音樂的玄宗皇帝親自修改加工而成。〈六么〉其實是「錄要」的音訛，唐德宗貞元年間，樂工獻給皇帝一首樂曲，皇帝命令將曲中最精彩的部分摘錄下來，所以稱「錄要」，後來因音訛而稱為「綠腰」、「六么」。琵琶女高超的演奏技藝，哀婉動人的琵琶樂曲，深深地叩動了人們的心弦。

彈奏完畢，琵琶女十分淒楚地講述了自己的身世和遭遇。原來，琵琶女曾是京城一名色藝雙絕的樂伎，家住在蝦蟆陵。蝦蟆陵在今陝西長安縣，相傳是董仲舒墓，門人到此必須下馬以示尊敬，因稱下馬陵，後來音訛變為蝦蟆陵。琵琶女十三歲就以高超的演奏技藝名冠教坊。教坊是唐代官設教習歌舞技藝的教練所，有左右教坊、內教坊，有內人（在宮內的歌舞伎）和外供奉（臨時被召喚入宮奏藝的外間歌舞伎）的分別。「今年歡笑復明年，秋月春風等閒度」，琵琶女後因年老色衰受到冷落，只得委身於一個做茶葉生意的商人。商人重利寡情，經常離開琵琶女遠去浮梁販茶。浮梁在今江西浮梁縣，以產茶聞名，據記載，每年出產七百萬馱，茶稅總計達十五萬多貫錢，是當時茶葉一大集散地。商人的離去，使得琵琶女經常寂寞地獨守空船，只有那淒清的月光和寒冷的江水與她為伴。她將心中的那份淒楚、那份痛苦全部傾注到琵琶中，用琵琶抒發著內心的痛苦和憂愁，用琵琶訴說著「平生不得志」，用琵琶傾訴著「心中無限事」。

白居易聽了琵琶女的敘述，對琵琶女的坎坷身世深表同情。聯想到自己的遭遇，不禁感慨萬千：「同是天涯淪落人，相逢何必曾相識。」白居易向琵琶女講述了自己謫居生活的清苦、孤寂，並請琵琶女再彈奏一曲。琵琶女感遇知音，調弦演奏。那淒淒的琵琶聲使在座的每一位都不禁掩面哭泣，「座中泣下誰最多？江州司馬青衫濕」。江州司馬指的是白居易。唐代制度，文武三品以上服紫，四品服深緋，五品服淺緋，六品服深綠，七品服淺綠，八品服深青，九品服淺青。服色不視職事官而視官階之品，至朝散大夫方換五品服色，衣銀緋。

當時白居易雖任州司馬，而官階只是將仕郎，為從九品，最低，著青色官服。

潯陽江頭，琵琶語裡，兩顆被拋棄的心相會了，他們的哀怨和激憤，組成了一支淒苦的歌，這就是千古傳誦的白居易的〈琵琶行〉。

〈琵琶行〉本事之真偽已成疑案，但詩中所寫環境、地點、人物、時間皆斑斑可考。

〈長恨歌〉：不朽的愛情輓詩

〈長恨歌〉作於唐憲宗元和元年（八〇六年），這一年，白居易被任命為陝西周至縣縣尉。在這裡，白居易結識了陳鴻、王質夫。三位好友經常到周至縣境內仙遊寺遊玩。這年冬季的一天，三人又來到仙游寺遊覽，談話中偶然談到唐玄宗與楊貴妃的故事，「相與感嘆」。王質夫便請白居易將這個故事寫成詩篇，他把酒杯舉到白居易跟前說：「這種世上少見的故事，如果不遇到有超世才華的人加以潤色，就會隨著時間的推移而消逝，就不會流傳於後世，這實在是件令人遺憾的事。樂天您對寫詩有很深的造詣，又富於情感，請把這段愛情故事寫成詩歌，怎麼樣？」於是，白居易寫下了千古傳誦的傑作〈長恨歌〉。

「漢皇重色思傾國」，唐玄宗晚年追求享樂，貪戀女色，宮中雖有宮女上千，但他都看不中，整天「忽忽不樂」。於是密令總管太監高力士在宮外搜求，搜得楊玉環。楊玉環是玄宗的兒子壽王李瑁的妃子。為了遮人耳目，開元二十八年，玄宗幸溫泉宮，讓高力士將楊玉環從壽邸接出，當了女道士，住在太真宮內，道號太真。過了六年，即在天寶四年，冊封楊玉環為玄宗的貴妃。

楊貴妃入宮後，玄宗再也不理朝政了，「從此君王不早朝」。玄宗不僅對貴妃寵愛有加，而且對楊家親戚也都裂土而封之。楊貴妃有三個姐姐，長得都很漂亮，玄宗稱呼她們為姨，並封國夫人之號：大姨為韓國夫人，三姨為虢國夫人，八姨為秦國夫人。每人每年賜錢千貫，作脂粉費。

貴妃的堂兄楊銛被封為三品大官，遠房哥哥楊釗（玄宗後來賜他改名為楊國忠）是個能飲酒、無品行的賭徒。但是，楊國忠善於逢迎，深得玄宗信任，官位不斷提高，在天寶十一年（七五二年）當上了宰相。

「漁陽鼙鼓動地來，驚破霓裳羽衣曲。」唐玄宗天寶十四年（七五五年），平盧、范陽、河東三鎮節度使安祿山在范陽起兵叛亂。第二年叛軍打進潼關，直逼都城長安。唐玄宗驚慌失措，帶著楊貴妃、楊國忠及楊氏姐妹，倉皇出逃。到咸陽望賢驛稍事休息，「官吏駭竄」，不再有貴賤之分，玄宗皇帝就坐在宮門大樹下休息，已經到中午了，還沒吃飯，後來有老者獻麥，才吃上飯。

走到離都城一百多里的馬嵬坡時，飢餓疲乏的軍士非常憤怒，不肯再前進，包圍了玄宗、楊氏住的馬嵬驛，要求殺掉人人痛恨、禍國殃民的奸相楊國忠。正好吐蕃使者二十餘人在驛門擋住楊國忠，要求發給食物。這時軍士大喊：「楊國忠與蕃人謀反。」隨即用箭射楊國忠，楊國忠被軍士殺掉。可是兵士們並不歸隊，仍圍著不走。玄宗讓高力士問為什麼，龍武將軍陳玄禮回答說：「將士們已經誅殺了楊國忠，而楊貴妃還在宮中，將士們心中恐懼，希望陛下割愛正法。」玄宗被逼無奈，命令高力士賜貴妃自盡。高力士送羅巾給貴妃，貴妃於是在佛堂前自縊而死，屍體草草地葬在馬嵬坡。

傳說楊貴妃死那天，有一個老婦人在佛堂牆下揀到一隻錦襪，是貴妃的遺物，便收藏起來，想看的人必須先付錢，每看一次，銅錢百枚，前後得錢無數。

貴妃死後，玄宗陷入痛苦的思念之中。赴蜀途中，蕭瑟的寒風，慘淡的日色，淒涼的月光，雨中的鈴聲都使他愁腸百轉，潸然淚下。

一年多以後，長安收復，玄宗從蜀回京，途中，玄宗讓宦官祭奠貴妃，並想將貴妃的遺體遷出隆重改葬。這時玄宗的兒子李亨已當了皇帝，即唐肅宗。禮部侍郎李揆對肅宗說：「龍武將士誅殺楊國忠，是因為他負國謀反。現在如果改葬貴妃，恐怕將士們不能安心，葬禮之事不可行。」於是，玄宗只好密令宦官偷偷改葬到其他地方。

貴妃初葬時，用紫褥裹著，等移葬時挖開一看，屍體肌膚已腐爛，而胸前佩戴的一個絲織香囊仍完好無損。宦官高力士把香囊獻給玄宗，玄宗看到香囊，無限淒婉。

回到長安後，玄宗面對依然如故的景物，想到物是人非的淒涼寂寞，不禁傷心落淚：

歸來池苑皆依舊，太液芙蓉未央柳。
芙蓉如面柳如眉，對此如何不淚垂？

從此，玄宗在「夕殿螢飛思悄然，孤燈挑盡未成眠」的孤寂與思念中度過了桃李花開的春天，梧桐葉落雨連綿的秋日。

傳說有一位來自四川的道士，被玄宗對貴妃的思念所感動，「上窮碧落下黃泉」，終於在奇麗的仙山尋覓到楊貴妃。見到貴妃後，貴妃讓他把金釵一股、鈿盒一扇帶給玄宗，作為見到她的憑證，並說：「為感謝太上皇，獻上這些東西，以念舊好。」道士臨走時說：「這兩件東西不足為憑，請告訴我一件當時不被外人知道的事，以使太上皇相信。」貴妃想了一會兒，慢慢地說：「天寶十年的時候，我陪侍太上皇到驪山華清宮避暑，七月七日，牛郎織女相會的晚上，我獨自一個人陪伴太上皇，仰天看星，被牛郎織女的故事所感動，於是祕密發誓：『願世世為夫婦。』說完，拉著手都哭了。這件事只有太上皇知道。」

道士回來後，把信物交給玄宗，轉達了貴妃的心意，玄宗「心震悼」，每天悶悶不樂，不久「南宮晏駕」。

〈長恨歌〉在當時就流傳很廣，深受喜愛，長安的歌妓因為能吟誦〈長恨歌〉而增價。白居易也被稱為「〈長恨歌〉主」。「一篇長恨有風情」（〈編集拙詩成一十五卷，因題卷末，戲贈元九、李二十〉），既是白居易的自我評價，也是廣大讀者的共同感受。

新樂府運動的先驅李紳

李紳，字公垂，潤州無錫（今江蘇無錫市）人。他生於七七二年，卒於八四六年，享年七十五歲。因其身體「形狀渺小而精悍」，被人諢稱為「短李」，是我國唐朝中期提倡新樂府運動的先驅者。

李紳出生在山東的趙郡李氏——一個世宦的家庭裡。其高祖、曾祖及祖父都曾做過官，父親李晤，也曾任過「金壇、烏程、晉陵三縣令」，卻不幸在李紳六歲那年離開了人世。母親盧氏出身於山東的范陽盧氏大家族，善良賢淑，知書達理。李晤去世後，她便對李紳「教以經義」。到了七八〇年，李紳九歲的時候，母親也撒手離開了他。成了孤兒的李紳開始了他少年時代的貧苦生活，經常是「曳婁一縫掖，出處勞昏早。醒醉迷啜哺，衣裳辨顛倒」。直到十五六歲時，他才在家鄉無錫縣梅里鄉的惠山讀書，而且一讀就是十年。在這十年裡，他不僅學習了經書、詩歌，還受到了一定的佛教思想的薰染。

十年後，李紳開始走出書房，邁向社會，先後在蘇州等地漫遊，結交了許多詩人，並親眼看到了當時的農民因為戰亂和擔負沉重的苛稅流亡荒野、衣食無著的悲慘景象。這顆年輕的心充滿了對農民的深深同情，憤而創作了〈古風二首〉（又作〈憫農二首〉）：

（一）

春種一粒粟，秋收萬顆子。
四海無閒田，農夫猶餓死。

（二）

鋤禾日當午，汗滴禾下土。
誰知盤中餐，粒粒皆辛苦！

從這兩首通俗易懂的不朽詩作中，我們看到了農民的悲慘生活遭遇，在「四海無閒田，農夫猶餓死」的鮮明對比中，深刻地揭露了問題的本質所在，並且慨嘆「誰知盤中餐，粒粒皆辛苦」。這兩首詩簡潔明快，不但讀起來朗朗上口，而且寓意深刻，流傳至今，仍然不斷地被人們吟誦。它也是李紳現實主義詩歌創作中突出的代表作。據說，李紳在第一次赴長安應進士試時，曾拿此詩去向呂溫求教，呂溫讀罷，讚嘆說：「此人必為卿相。」

貞元二十年（八〇六年），李紳第二次來到長安應試，不但高中進士，而且還結識了元稹、白居易。他們經常在一起切磋詩藝，探討詩歌的創作方向和方法，認為詩歌「不如寓意古題，刺美見事」。正是按照這種理論，李紳在元和四年任校書郎時首創〈新題樂府二十首〉，從而成為新樂府運動的先驅。李紳的創作實踐深深地影響了白居易，使白居易終於提出了「文章合為時而著，歌詩合為事而作」的新樂府運動的主張，在中唐時期掀起了新樂府運動，而且白居易的新樂府詩中，有不少題材還是取之於李紳的那二十首詩。只可惜李紳的〈新題樂府二十首〉已經失傳了。

李紳中進士後，在鎮海軍節度使李錡手下任掌書記。他以李錡「所為專恣，不受其書幣」，使李錡大怒，想要殺了他，李紳逃了出去才免於一死。後來，李錡被殺，皇上嘉獎了李紳，封他為右拾遺。從此，李紳開始了一帆風順、仕途通達的宦海生涯。到了長慶元年（八二一年）時，李紳已是翰林學士、遷右補闕加上司勳員外郎、知制誥。他與元稹、李德裕被人稱為「三俊」。此時的朝廷內部兩個官僚集團的鬥爭正日益激烈。舊門閥世族的代表和新科舉出身的代表勢同水火，這就是唐朝歷史上有名的「牛李黨爭」。李紳與元稹、李德裕等人屬於新科舉出身的李黨，李逢吉、牛僧孺等人屬於牛黨。他們之間的矛盾鬥爭經常是起伏不定。直到長慶四年的正月，穆宗去世，敬宗即位，聽信了李逢吉等人對李紳誣陷的讒言，把李紳貶為端州司馬。這是李紳在政治生活方面從未遭受過的最嚴重的打擊。他二月離開長安，幾經轉折，深秋時才到了端州。一路上觸景生情，傷心不已，內心中又憂憤難平，創作了飽含強烈感情、抒發砥礪志節的動人詩篇：〈過荊門〉、〈涉沅瀟〉。到了端州以後，他又寫出了一些情真意切的作品，如〈至潭州聞猿〉、〈朱槿花〉、〈江亭〉等。經過移任數地、輾轉多年的奔波後，八三三年的暮春時節，李紳到達洛陽，住在宣教里，恰巧白居易也在此，老朋友相逢，心中分外高興，他們一起寫詩唱和，一同遊玩，真是「十年分手今同醉，醉末如泥莫道歸」。此時，朝廷內李黨鬥爭取得勝利，李德裕做了宰相，馬上提拔李紳為浙東觀察使。李紳終於可以衣錦還鄉了。這一路上，和當年被貶端州的心情正是截然相反，內心中的興奮愉快只有用詩作來抒發情懷，如〈卻望無錫芙蓉湖五首〉；還有表達對家鄉山水的依戀之情，如〈憶題惠山寺書堂〉、〈過梅里七首〉、〈早梅橋〉等等。

開成元年，李紳受白居易的影響，開始別出心裁地編撰專集——《追昔遊集》。這是一本按時間順序編成的集子，共收詩作一百三十多首，其中大部分是景物描寫詩。當然，他在揭露統治階級內部爾虞我詐的鬥爭、反映階級矛盾深化的同時，也在晚年的一些詩裡宣揚了佛教思想的消極情緒，這也是與他的經歷分不開的。據李紳在〈墨詔持經大德神異碑銘〉一文中說，在他還未滿一週歲的時候，有一天，他突然得了一場大病，釋大興前來探視，就「以法師易餘幼名」；而且李紳在惠山寺讀書時，就曾與鑒玄和尚「同在惠山十年」。正是這種濡染，才使李紳在內心接受了佛教思想。

元稹與宦官爭驛廳

元和二年（八〇七年），元稹任監察御史。監察御史主要掌管分察百僚，巡按郡縣，糾視刑獄，肅整朝儀。

元和四年，元稹奉命到東川（今四川東部）處理案件。到東川後，他了解民眾疾苦，訪察官吏的不法行為，不畏權勢，彈奏東川最高地方長官東川節度使嚴礪的不法行為：違反制度，擅自增加米、草等賦稅，擅自沒收管內塗山甫等八十八家百姓田產、奴婢，接受大批賄賂。元稹親自平反了這八十八家的冤案，並對附庸嚴礪作案的東川七州刺史予以責罰。他的這種大膽的做法，使朝廷中支持嚴礪的宦官集團大為不滿，心生怨恨。元稹從東川一回到京城，便被調離京師，被迫分司東都。元稹到東都洛陽後，並沒有停止與權貴們的鬥爭。他上書皇帝，彈劾當地豪門貴族違法之事十餘件。河南最高長官房式的違法事件被元稹查出，元積按照過去的辦法，一面上書皇帝，一面命令官職比自己高的房式暫停職務。元稹這一大膽的舉動觸怒了朝廷中掌權的貴官，他們趁機報復，說元稹這樣做是目中無人，越職專權，所以給予罰一季俸祿的處分，並且下令召元稹立即回長安。對此，元稹寫下了這樣的詩句：

分司在東洛，所職尤不易。
罰俸得西歸，心知受朝庇。

在由洛陽返回長安的旅途中，途經華州華陰縣（今陝西華陰縣）時，元稹準備在敷水驛暫住一夜。來到驛中，元稹見沒有其他房客，便在較寬敞的正廳住了下來。半夜，驛中又來了一個皇帝的使臣宦官劉士元。劉士元見元稹住進了驛館的正廳，便違規擂門大喊，要元稹把正廳讓出來給他，並用腳猛踢猛踹，直至將廳門踢壞。進了門，劉士元又破口大罵，並蠻橫地把元稹的行李扔到廳外。元稹沒有穿鞋子就跑出大廳，劉士元仍不罷休，緊追不捨，手拿馬鞭朝元稹劈頭蓋臉地打下去，元稹被打破了臉，血流滿面。

宦官劉士元為何敢如此肆無忌憚地凌辱、毆打朝官呢？這是因為宦官在唐代很受信任，常被重用，有權有勢。比如，有的宦官可以直接參與國家的政事，批閱所有上奏的公文，一般的事情則由自己直接處理，只有遇到大事時才上報給皇帝；有的宦官被派去當監軍，也就是在大將帶兵出征或駐守時去監督軍務，監軍的權力超過領兵的將帥；有的宦官擔任禁衛軍的最高長官護軍中尉，長久地居住在宮中，陪侍在皇帝左右，勢力極大。在元稹的時代，宦官已經成了一個有極大勢力的政治集團，他們甚至可以陰謀決定皇帝的生殺和廢立。如唐憲宗李純就是被宦官王守澄、梁守謙等謀害的。謀害了憲宗皇帝後，宦官們又擁立太子穆宗即位。對於謀殺皇帝這樣的大事，滿朝大臣沒有人過問，也沒人敢追問，大家竟然相安無事，由此可見當時宦官權力之大。

元稹與宦官劉士元爭驛廳之事鬧到長安，上奏給皇帝及執政的宰相，他們不但不懲辦無理的宦官劉士元，反而說元稹年紀輕輕竟敢佔住驛館正廳，隨便樹立自己的威權，有失御史的體統，結果將元稹貶為江陵（今湖北江陵）士曹參軍（士曹參軍是州府中掌管工役的輔佐官）。

消息傳出，朝廷內外議論紛紛，認為這樣處理有失公正。元稹的好友白居易更是氣憤不已，立即聯合了幾個諫官，上書皇帝，替元稹辯護，說明元稹無罪。可是，奏文送上以後，憲宗皇帝根本不理會。白居易為此事甚至三次上書，指出元稹向來守官正直，這是人所共知的。自任監察御史以來，「舉奏不避權勢」，敷水驛事件完全是有人挾恨報復。現在，有罪的未受處罰，無罪的反而被貶，那麼，從今以後，朝臣們每當要做事時便會以元稹為戒，這樣一來，就無人肯為皇帝當官執法，無人肯為皇帝懲治惡人，那麼，天下有不軌不法之事，皇帝就無由得知。宦官們必然更加驕橫霸道，正直的朝官即使受辱也一定不敢說，即使有被凌辱毆打的，也只能以元稹為戒，只有忍氣吞聲罷了。如此下去，遠近聞知，實在是有損聖德啊。

白居易雖然三次上書，但終究未能改變元稹被貶的不幸命運。元稹被貶官的原因，從表面上看是因為與宦官爭驛廳，其實真正的原因是元稹自任監察御史以後秉公辦事，懲辦查處了朝廷許多官員的不法之事，因此得罪了許多人，這些人一直在找機會、找藉口打擊報復元稹。元稹自己對此也是十分清楚的，他在〈酬樂天聞李尚書拜相以詩見賀〉一詩中寫道：

初因彈劾死東川，又為親情弄化權。
百口共經三峽水，一時重上兩漫天。

詩的意思是說：我剛任監察御史的時候，由於彈劾東川節度使嚴礪的違法之事而差點被害死在東川；後來分司東都的時候，因為劾奏了宰相的親戚違法，宰相便利用手中的權勢害我，把我貶為江陵士曹。我一家百口共同乘船，經過險惡的長江三峽，同時再次來到漫天濃霧的地方。

元稹同宦官權貴們的鬥爭，贏得了時人的稱讚。白居易在〈贈樊著作〉一詩中高度讚揚了元稹在東川為民平反伸冤的行為：

元稹為御史，以直立其身。
其心如肺石，動必達窮民。
東川八十家，冤憤一言伸。

多年以後，白居易在元稹的墓誌銘中寫到元稹因為平反了東川八十八家的冤案而「名動三川」，三川的百姓仰慕元稹，後來多用元稹的名字給自己的孩子起名。

名動京師，才驚二傑的李賀

詩歌到了唐代中葉，掀起了又一高潮，詩壇上色彩紛呈。年輕的詩人李賀，遠承離騷、楚辭，近承李白、杜甫，獨具一格，另闢蹊徑。他的詩名傳遍京城，引起人們的關注。

李賀（七九〇—八一六年），字長吉，福昌（今河南宜陽西）人。據說，他在七歲時，就已嶄露頭角，以「長短之歌」名揚京師，彷彿春雷乍動，向人們展示著詩人的天才。當時赫赫有名的文壇領袖韓愈和著名人士皇甫湜，都是一代宗師。韓愈這時已經是一位極負盛名的文學家，他是古文運動的倡導者，不僅在詩歌理論和創作上獨樹一幟，還特別注意培養和鼓勵有創新精神的年輕人，素有「龍門」的美稱。如張籍、孟郊、賈島、盧仝等都受過韓愈的指點和獎掖。皇甫湜是「韓門高弟」，字持正，新安（今浙江省淳安縣）人，元和元年（八〇六年）進士。曾經擔任過陸渾縣縣尉，後任監察御史，由於直言政事而得罪了宰相李林甫，正被派在洛陽巡視。韓、皇二人讀了李賀的詩後，都不約而同地拍案稱奇：「好詩！好詩！只是這李賀到底是誰呢？如果是古人，我們不知道也就罷了，倘若是今人，哪有不認識的道理！」二人正說著，恰好聽見有人議論：陝縣縣令李晉肅有一個兒子叫李賀，雖然只有七歲，卻寫得一手好詩。於是，他們決定到李晉肅的家中去見見李賀。這一天，日朗風清，二人並馬而行，很快就到了那裡。只見李賀「總角荷衣」而出，滿臉稚氣。他們一見，越加疑惑，心想：這麼一個頑童就能寫出那樣的好詞妙句嗎？所以，二人就來了個突然襲擊，讓李賀當面試作一篇。誰知，小李賀並沒有因為大人物的來訪而不知所措，也沒有因為「面試」而手慌腳亂，他彬彬有禮、舉止大方。只見他欣然來到書案前，「操觚染翰，旁若無人」，彷彿胸中成竹早已躍然於紙上，只一會兒工夫，就寫完了。韓、皇二人接過來一看，題為〈高軒過〉，讀罷大為震驚，對李賀之才讚不絕口。

其實，李賀與韓愈第一次見面當在他十八歲那年。李賀從家鄉昌谷到洛陽，正巧韓愈也由京城調到東都。唐代有一種習俗，叫「行卷」，也稱「干謁」，就是應舉者在考試之前，把自己的詩文呈給當時有名的人看，希望得到賞識並由此在社會上揚名，為將來考進士大造輿論。李賀也是如此。這一天，他帶著自己的詩稿去拜訪韓愈。這時韓愈剛剛送走客人，正是困乏之極。門人送來李賀的詩稿後，韓愈就一邊解衣帶一邊讀。只見第一篇題為〈雁門太守行〉，當「黑雲壓城城欲摧，甲光向日金鱗開」的詩句跳入眼簾時，韓愈不禁為之一振，頓覺一身的疲憊全部煙消雲散。他迫不及待地重新繫好衣帶，把李賀請進屋中。原來，〈雁門太守行〉是李賀的「老成」之作，描寫了一次北方將士誓死抗擊叛亂的激烈戰鬥。其深刻的思想內容和高超的藝術手法使詩篇充滿了無窮的魅力，讓人們在盛大、悲壯、艱苦的戰爭場面中，透過濃豔的景色，彷彿聽到了將士們的豪言壯語，感受到他們誓死決戰的精神，同時也表現出年輕詩人英姿勃發、渴望建功立業的豪情。這樣一首好詩，難怪韓愈被深深地打動了。從那以後，李賀的詩受到了韓愈的推崇，再加上李賀反對駢偶文，與韓愈的主張一致，這就更深得韓愈的讚賞。

可見，在李賀短暫的一生中，曾得到了韓皇二人的鼎力相助。韓愈嘉其詩，美其名，尤在李賀遭讒落第時，憤然作〈諱辯〉為他吶喊。皇甫湜比李賀大十四歲，是他的長輩，但因為皇甫湜很推重李賀，所以兩人情深意篤。元和八年（八一三年）冬，李賀再次入京時，先到皇甫湜任上拜訪。可巧皇甫湜不在，他親眼目睹了長官不在時，官衙門裡幽深清冷的場面，就在牆壁上寫下了〈官不來，題皇甫先輩廳〉詩。事後，皇甫湜到李賀的寓所——城南仁和里看他，為此，李賀寫了〈仁和里雜敘皇甫湜〉，傾訴了自己的不幸遭遇。在李賀離開洛陽去長安的時候，皇甫湜為他送行，李賀「憑軒一雙淚」，寫下了〈洛陽城外別皇甫湜〉。

另外，李賀尤擅長樂府，十五歲時，就與老一輩詩人李益齊名，以至「每一篇成，樂工爭以賂求取之，被聲歌，供奉天子」。所以，李賀的影響不僅在當時很大，在以後的詩人中也有許多仿效者，這足見李賀不僅聞名於時，更能傳名於世。在唐代詩歌瑰麗的畫卷上，李賀更為其增添了精彩的一筆。

李賀堪稱早慧詩人，他不但詩才早熟，而且「年未弱冠」就已「名溢天下」。他十八歲就離開家鄉昌谷來到東都洛陽，投詩韓愈，深得賞識，而後韓愈、皇甫湜不僅親自「登門造訪」，還在「縉紳之間每加延譽」。這無疑使一位集天才、勤奮、詩名於一身的年輕詩人，羽翼更加豐滿。他兩眼凝視著藍天，心中描繪著藍圖，他要振翅高飛，一展凌雲之志。

那時，讀書人的最好出路就是能求得一官半職，封妻蔭子。但只有少數人能夠憑藉高貴的門第，承襲官位，享受俸祿，而大多數人還得通過科舉入仕。在科舉中，舉進士尤為時人所青睞。除了那些在各類學館中讀書的達官顯貴之子弟可以直接被選拔、推薦到尚書省外，餘者必須參加各府的考試，只有在「府試」中成績優異者才有資格被選為「鄉貢進士」，入長安參加進士考試。當時，河南府衙就設在洛陽，韓愈任河南縣令，他曾多次寫信勸李賀舉進士，所以，元和五年（八一〇年），李賀便參加了河南府試。

河南府尹房式主持了這次「府試」大考。在府試中，共有二十餘縣的學子參加，可謂各路英才雲集。一般來說，州府試的詩大多為五言律詩十二句，又因為這些詩多半是為應「試」而作，只要求符合題意即可，不容許抒發自己的思想感情。這樣一來，州府的試詩多半是千篇一律，萬人一面，能夠真正寫出點新意的，卻是寥寥無幾。李賀憑著自己出眾的才華，在詩中滲透了青年人的朝氣和鋒芒。

憑李賀的才名，這次舉進士是非常有競爭力並且很有希望考中的。但他出眾的文才卻引來了「時輩」的嫉妒和排斥，他做夢也沒有想到，就在他剛剛揚起風帆正待遠航的時候，卻被突來的一陣狂風吹折了桅桿，從此就再也沒有乘風遠航過。

原來，我國封建時代「避諱」之風盛行，人們不能說出或寫出皇帝或尊長的名字，即使在考試時遇到尊長的名諱，也必須藉故退出考場。而且這種避諱還不單單是避本字，就連同音的字也要避諱。李賀父親的名諱是「晉肅」，「進」和「晉」同音，所以李賀是應該迴避的。於是，那些嫉妒他的人，就把它當做最堅固的盾牌，對李賀進行猛烈的攻擊，使他不能參加進士考試。

韓愈在李賀舉進士過程中，一直都給予了極大的支持，因此竟也引來了不少誹議。皇甫湜勸韓愈說：「如果不把這件事說清楚，你與李賀同罪。」但韓愈因為愛惜李賀的才華，就憤然作了短文〈諱辯〉，替李賀辯解，為他據理力爭。韓愈在〈諱辯〉中引經據典，用犀利的文筆，向陳規舊俗發起了猛烈的攻擊。他這樣有力地質問道：「父名晉肅，子不得舉進士；若父名仁，子不得為人乎？」一句話就把那些以避諱為藉口壓抑人才的人們批駁得體無完膚、啞口無言，真是讓人感到痛快之至。

李賀回到家裡，「鏡中聊自笑」，「解衣買酒」，強作歡顏，但無論怎樣也無法掩飾自己熱切報國的雄心，他在〈南園十三首〉中一唱三嘆地傾訴著這樣的思想感情。這次，他雖然在仕途上飽受了挫折，但怎奈壯志在胸，閒居不得。經人引薦，李賀終於當了一個奉禮郎的小官，但他始終感到鬱鬱不得志，以至託病辭官。後雖又幾經輾轉，卻也壯志難酬，直到生命的最後一息，他也沒能圓上這個夢。

李賀「天才俊拔，弱冠而有極名。天奪之速，豈吝也耶？」他生命雖短，卻是世間少有的奇才。素有「鬼才」之稱，又「李白為天才絕，白居易為人才絕，李賀為鬼才絕」等論頗多。雖然這些概括都略有偏頗，但也由此可見李賀的詩中必有其「瑰詭」、「奇怪」之處。

李賀是一位浪漫主義詩人，他在詩歌中大量吸收了浪漫主義因素，他不但受《楚辭》的影響很大，還從鮑照那裡找到了共鳴，在李白那裡得到了傳承。但由於詩人的經歷和遭遇不同，所以同樣是植於浪漫土壤中的種子，卻開出了不同的奇麗花朵。

李賀的一生是不幸的，正是由於這不幸的遭遇才使他筆下的事物更加鮮活，更富於個性，他才能更加自由地上天入地，穿梭於仙鬼之中，或交友，或傾訴，或抒懷……可謂「鯨吸鰲擲，牛鬼蛇神，不足為其虛荒誕幻也」。他的想像新奇，主張「務去陳言」。李賀早在他參加河南府試時所寫〈河南府試十二月詞並閏月〉的詩中，就以其「二月送別，不言折柳，八月不賦明月，九月不詠登高」，「意新而不蹈襲，句麗而不慆淫，長短不一，音節亦異」的創作，和他「啾啾赤帝騎龍來」的氣魄而獨領風騷。

然而，仕途多難，壯志難酬，他處在極度鬱悶、不平之中。「不平則鳴」，李賀用他奇崛的文筆描繪出美好的仙境，與殘酷的現實形成了一個強烈的反差和對比。

人生坎坷、英年早逝的「鬼才」

在藍天和碧野之間，每天都重複著這樣一幅動人的畫面：美麗的晨光中，一個細瘦的書生騎著一頭毛驢，慢慢而來。只見他濃眉、巨鼻，長長的指甲，身背一個破舊的「錦囊」，與他相伴的還有一個小書僮。這主僕二人每天都從靜謐的晨曦中走來，在晚霞的餘暉中歸去，除非是他酩酊大醉或是弔喪的日子，否則他們肯定會準時相約在如詩的大自然中。

這就是唐代詩人李賀。李賀雖然自幼聰明好學，飽讀詩書，但他在創作中所付出的辛勤汗水是令人吃驚的，他那始終如一的堅強毅力也是非常人可比的。因此，李賀取得的輝煌成就，正是與他這種勤奮、刻苦和投入的精神密不可分的。李賀的家鄉是河南福昌的昌谷。昌谷面山傍水，景象宜人。李賀經常與朋友王參元、楊敬之、權璩、崔植等一起出遊、吟詩。他從來不先「得題然後為詩」，也從來不「如他人思量牽合以及程限為意」，而是每天早出晚歸，出遊覓詩，在廣闊的大自然中激發著詩情，採擷著詩句。他日日暢遊，隨感隨寫，隨遊隨發。所有詩句都是真實情感的凝結與流露。他每得一句，都投入錦囊之中。每當夕陽西下，他都會滿載而歸。難怪他的母親每見兒子在燈下熬夜時，就心疼地說：「兒呀，你這是要把心嘔出來才罷休嗎？」正因為李賀每天都扛個大袋子，每到晚上又塞得鼓鼓的。所以，還有人曾經這樣傳說：

一天傍晚，李賀剛走到一個僻靜處，迎面突然躥出來一個大漢，攔住去路。大吼一聲：「站住！此樹是我栽，此路是我開，要想打此過，留下買路財！」李賀不由一驚：「我不過是一個窮書生，只有一堆廢紙而已，哪有什麼錢呀！」那大漢當然不信，他怒目圓睜，緊盯著破袋子說：「你撒謊，我每天都看見你扛著它去收租子，還能沒錢？騙鬼去吧！」於是，不由分說，就動手掏了起來。結果，真是除了滿地的紙條，不見分文。那人討了個沒趣，只好快快地走開了。

從那以後，李賀「錦囊佳句」的故事就傳為美談，「錦囊」也成了「勤奮刻苦」的代名詞，李賀也因此被稱為「苦吟詩人」、「嘔心」詩人。他的詩也的確「如鏤玉雕瓊，無一字不經百鍊」，彷彿字字句句都「嘔心而出」，「欲傳於世」。所以，李賀每作一首詩，往往都「觸景遇物，隨所得句，比次成章」，因而，他的詩多「妍媸雜陳，斕斑滿目」，顛倒重複，跳躍性很大，「所謂天吳紫鳳，顛倒在短褐者也」，然而卻不給人以割裂之感。如他的長詩〈昌谷詩〉，就能夠很好地說明這一點。

李賀的一生，是用心血熔鑄成詩的一生。他在詩壇中能取得如此巨大的成就，正是他刻苦創作的結晶。有幾人能像他這樣「長歌破衣襟，短歌斷白髮」（〈長歌續短歌〉），有幾人能像他這樣「吟詩一夜東方白」（〈酒罷，張大徹索贈詩。時張初效潞幕〉），又有幾人能像他這樣字斟句酌，「經十日」，才「聊道八句」（〈五粒小松歌並序〉）呢？詩人如此潛心創作，因而不到十八歲就過早地有了白髮。李賀一生留下的二百四十餘首詩，是他畢生的心血所就。李賀在詩歌創作中，堪稱繼往開來、獨闢蹊徑，尤其在創作中稱得上是「刳肝以為紙，瀝血以書辭」的典範。

李賀是一位才華橫溢的詩人。然而，他在人生的旅途上，只走過了二十七個春秋，就不幸在鬱悶中與世長辭了。他短暫的生命雖如曇花般即現即逝，但他不朽的詩篇，卻彷彿向人們訴說著一個美麗而又悲哀的故事。

李賀是唐朝宗室的後裔，「系出鄭王後」（大鄭王李亮後），但家道卻早已中落，生活極其貧困。李賀共姊妹三人，姐姐嫁給了一個姓王的人，弟弟叫猶。母親鄭氏，是一個賢惠的婦女；父親李晉肅，曾在邊疆和內地當過小官，可是因為職位低下，收入微薄，只夠勉強維持生活。不幸的是，李賀才十八歲，李晉肅就撒手人間，把李賀一家推向了更加窘迫的境地。

李賀在他的詩中也多次感嘆自己處境的悲苦。「我在山上捨，一畝蒿磽田。夜雨叫租吏，春聲暗交關。」（〈送韋仁實兄弟入關〉）可以想見，一畝長滿蒿萊的薄田，能打多少糧？然而，這漆漆的夜，淒淒的雨，卻不能淹沒租吏們狠狠的打門聲和斥責聲，這一切怎能不叫人心酸、心碎呢？為了維持生計，弟弟竟不得不到千里之外去謀生。那天，李賀送弟弟遠行，二人在洛陽郊野之地分別，沒有俎豆餞行，只有老馬相隨。石鏡的秋夜是那般寂寞、淒涼，李賀獨自對月，悲從中來，那種感受又有幾人能真正體味得出呢？李賀的生活確實到了相當窘迫的地步，以至於在送朋友沈亞之的時候，「無錢酒以勞」，只好「乃歌一解以送之」（〈送沈亞之歌並序〉）。李賀不僅生活至此，他還從小體弱多病，整天與藥相伴，身邊只有一個小書僮相隨，每天替他煎湯熬藥。「蟲響燈光薄，宵寒藥氣濃。君憐垂翅客，辛苦尚相從。」（〈昌谷讀書示巴童〉）李賀貧病至此，過早地長了白髮，「終軍未乘傳，顏子鬢先老」（〈春歸昌谷〉）。他還不到十八歲就已經是鬢髮斑白了。

當然，生活的貧困與身體的多病，是李賀早逝的原因之一，但最重要的還是他仕途受挫後，那種無以名狀和無法排遣的鬱鬱情懷。我們都知道，李賀自幼名氣很大，讓時人稱羨不已，再加上韓愈等著名人士的推引，李賀更加英姿勃發，他彷彿走在一條鋪滿鮮花的路上，與進士只有一步之遙。可惜由於時人的嫉妒，「避諱」的時風，使他「路遇吠犬」，「遭讒落第」。從此，他陷入了鬱鬱的深淵之中。

李賀仕途受挫後，拖著病體回到了家鄉。他雖然飽嘗了人生的艱辛，但卻不甘心就這樣碌碌無為。於是他在家小住後，又重新踏上了去長安的征途。

第二年春天，李賀在宗人的引薦下，經過考試，被任命為奉禮郎。奉禮郎其實是一個小官，從九品上，屬太常寺，主要在朝會和祭祀的時候，負責座次，安排祭品，主持禮拜等，在「公卿巡行諸陵」的時候，「專司儀禮」。這個職務不但卑微如奴僕，而且勞頓枯燥，即便是「風雪」之日，也得照常值班。李賀是一位有才華有抱負的人，他怎能不苦悶至極，失意至極，鬱鬱至極，又激憤至極呢？所以，他在〈贈陳商〉中這樣寫道：「長安有男兒，二十心已朽……人生有窮拙，日暮聊飲酒。只今道已塞，何必須白首？……風雪直齋壇，墨組貫銅綬。臣妾氣態間，唯欲承箕帚。天眼何時開？古劍庸一吼。」男兒二十，正是血氣方剛、創業之時，可是他卻仕途受阻、壯志難酬，在他心頭縈繞的只有苦悶、壓抑和落寞。元和八年春（八一三年），李賀託病，辭官回家。這次，他試想「歸臥家園」，一心寫詩。可是，在他心底，總有一種帶劍報國、馳騁沙場的激情揮之不去，儘管他的身體多病，但還是決定到潞州走一趟，希望能得到好友張徹的推引。

然而，做客潞州的日子並不舒暢。李賀的病體愈加虛弱不算，尤其沒有得到重用。在他三年客居的生活中，一直沒有什麼實事可做，這就使他越發覺得壯志不可酬。所有這一切，對於身處異鄉的李賀來說，油然而生的是客愁的悲苦。就這樣，李賀「旅歌屢彈鋏，歸問時裂帛」，最後又無奈地回到了昌谷。他久病的身體再也無法承受肉體和精神的雙重折磨，年僅二十七歲就匆匆離開了人間。傳說，在他臨死的時候，他的姐姐曾親眼看到了這樣的場面：

有一位穿著緋衣的仙人騎著一條赤虯從天而降，緋衣人手持「一版書若太古篆霹靂石文者」，說道：「我是來召長吉去的。」李賀趕忙下床叩頭請求說：「我母年老多病，賀不願去！」緋衣人聽後笑了笑說：「天帝建了白玉樓，召你記文，天上的差事很快樂，一點都不苦啊！」李賀一聽，就獨自哭了起來，旁邊所有的人都看見了。不一會兒，李賀呼吸便極其微弱，好像就只剩下一口餘氣了。這時，人們看見他平時居住的房間裡，裊裊的飄有煙氣，接著還傳來了行車之聲、音樂之聲，鄭氏趕忙阻止眾人哭泣。就這樣，大約過了一頓飯的功夫，李賀就停止了呼吸。

李賀去世後，還傳說其母鄭氏念兒極切，日思夜想，哀痛不已。一天晚上，她夢見兒子像生前一樣回來了，還對她說：「我能做您的兒子，非常幸福，您疼我、愛我太深了。所以，我從小就奉命寫詩作文。我常想，一定得好好報答您。可哪知死得這麼早，竟不能早晚服侍您，這是天意啊！雖然我的肉體已經死了，但實際上卻沒有真死，這是天帝的命令。」鄭氏吃驚地追問原委。李賀說：「上帝神仙居住的地方，最近遷都於月圃，建了一座新宮叫『白瑤』，因看重我的才華，所以召我和另外幾位文士，一同作〈新宮記〉。如今兒已是神仙中人，非常快樂、幸福，希望您老人家不要掛念！」說完，李賀就走了。鄭氏醒後，雖然覺得這個夢有點奇怪，但卻解去了不少悲痛。

很顯然，這兩個故事都是編出來的，但卻符合中國人大團圓的習慣，這一老一少，一誑一夢，卻是死者和生者都得到極大慰藉的最好交代，尤其表達了人們對李賀的美好祝願。李賀——這位優秀而年輕的詩人，雖然只駐足人間二十七個春秋，但他不朽的詩篇，卻給人留下了千古不散的馨香。

愛詩成癖賈島的「苦吟」

在中晚唐的詩壇上，有一位以苦吟著稱的詩人。他用自己獨特的經歷和對詩的獨特感受，形成了自己特有的語言風格。尤其是他對詩的那種由衷喜愛之情和悉心投入之態，以及那種字斟句酌的推敲精神和苦盡甘來的體驗，無不成為世人有口皆碑的佳話。這位著名的詩人就是賈島。

賈島（七七九－八四三年），年輕時曾經出家當過和尚，法號無本。他雖為佛家弟子，卻特別喜歡到處尋來覓往、吟詩對句，是一個很有才氣的人。後來，他曾到過洛陽，可是連做夢也沒有想到，他這個和尚竟會被人沒來由地奪去了一半的自由（當時，洛陽縣令有明文規定，禁止一切僧人午後出寺）。所以，這對於平日到處遊蕩、吟詩作句習慣了的賈島來說，真是煩悶之極！他實在無法平息心中的怒氣，於是憤然慨歎道：「不如牛與羊，猶得日暮歸。」憤激之情由此可見。韓愈因為非常愛惜他的才華，勸他還俗，還教他吟詩作文，鼓勵他去舉進士。賈島還俗後，雖然也曾多次參加進士考試，卻始終沒有考中，但他的才華和詩作卻得到了時人和後世的認可與賞識。因此，賈島在唐代詩壇上有著重要影響。

有人說賈島「愛詩成癖」，這話只說對了一半。因為他不僅愛詩，對詩有一種特殊的感情，更重要的是他對詩的那種別樣執著的精神和刻苦錘字煉句的樂趣，才更使其成為家喻戶曉的美談。據說，賈島的一生，一時一刻也離不了對詩的推敲和吟詠。他總是沒日沒夜地苦吟不止，不管坐臥還是行走，也不管吃飯或是睡覺，總之，他的嘴裡唸的是詩，腦子裡想的是詩，就連手上的動作也在比劃著詩，真稱得上是「雖行坐寢食，苦吟不輟」。他的刻苦已經到了置身於物外，處鬧市如無人之境的境界。有人這樣評價他說：「前有王公貴人，皆不覺，遊心萬仞，慮入無窮。」可見，詩歌對賈島來說，儼然成了他生命中不可或缺的一部分。他在給朋友的信中說：

一日不作詩，心源如廢井。
筆硯為轆轤，吟詠作縻綆。

朝來重汲引，依舊得清冷。
書贈同懷人，詞中多苦辛。
——〈戲贈友人〉

詩人把作詩比作汲水，一天不汲，心靈之泉就會乾枯如廢井。筆硯就是井上的轆轤，吟詠就是繩索。他每天都從「心源」中汲水，每次汲上的水都是那麼清涼、可口。由此可見，詩人每天堅持創作的辛苦和甘美竟是那般的美麗。

傳說，賈島剛剛出入舉場的時候，憑著自己的實力，顯得有些傲氣。有人說他「輕視先輩」，還「不把八百舉子」放在眼裡。我們先不去印證此說的可信程度，單說他總是自言自語、旁若無人地吟詠不休這一點卻是不用質疑的。賈島經常到鬧市裡仰天高吟，或在長街裡嘯傲作歌。他的眼裡只有詩中之景，他的心裡只有詩中之情，他全然達到了忘我的地步。一天，他騎著小毛驢，在京城的路上不緊不慢、「嗒嗒」地走著。此時，他眼前浮現的仍然是昨天訪李凝幽居時的情景：小鳥在樹上睡著了，圓圓的月亮掛在天空，他輕輕地敲著門……想到這裡，眼前突然一亮，得了句「鳥宿池邊樹，僧敲月下門」。他反覆吟了幾遍，覺得對仗很工整，平仄也合轍，可是忽又覺得用「推」字好。就這樣，「推」字和「敲」字換來換去的總是拿不準主意。他一邊走，一邊想，嘴裡念著，手上比劃著，「推門」……「敲門」……此時，賈島眼前呈現的是，一片朦朧的月光下，一個僧人一會兒推門，一會兒敲門……可是就在他「推」、「敲」正酣的時候，只覺得自己一下子被人從驢背上拉了下來，可不知道究竟發生了什麼事，直到他被扭送到京兆尹韓愈的面前時，才回過神來。原來，他只顧「推」、「敲」，迎面來了京兆尹韓愈的儀仗隊，他竟然絲毫沒有覺察。路上的行人全都呼啦一下閃開了，只有賈島還騎在毛驢上連嘟囔帶比劃地逕自往前走。隨從們大聲呵斥了幾次，可是賈島一點反應都沒有。不覺中，他已闖進了隊伍的第三節。沒有辦法，隨從們只好把他從驢背上推下來，送到韓愈的面前。韓愈正想責問他，賈島就把剛才偶得詩句，因「一字未定」而「神遊詩府」的經過說了一遍，然後就等待韓愈的處罰。哪知，韓愈聽了，「立馬良久」，並沒有責怪賈島一句，還對賈島說：「我覺得還是『敲』字好。」說著，就和賈島並轡而行：「你看，『敲』門肯定有聲，就更能很好地以動襯靜，而『推』門就太一般了，而且……」二人說著說著還一同進了府衙，仍然繼續談詩論文。一連幾天過去了，他們仍然興致勃勃，談得非常投機，絲毫也不覺得厭煩。從那以後，兩個人情深意篤，成了莫逆之交。韓愈還贈詩給賈島說：

孟郊死葬北邙山，日月風雲頓覺閒。
天恐文章中斷絕，再生賈島在人間。

可見，韓愈給賈島的評價是很高的。然而，同樣的事，也會出現不同的結果。傳說，還有一次，那是在一個黃葉紛飛、涼風瑟瑟的秋天，賈島偶得「秋風吹渭水，落葉滿長安」的佳句，卻因為「唐突京兆尹劉棲楚」，而被扣留一夜，直到第二天早晨才被放回。

賈島也經常在詩中流露一些自己創作的酸甜苦辣，他在〈送無可上人〉中有這樣兩句：「獨行潭底影，數息樹邊身。」他自己作注說：「二句三年得，一吟雙淚流。知音如不賞，歸臥故山秋。」可見，賈島在煉字煉句上的用心良苦。

不僅如此，賈島每年在除夕的時候，還對自己一年來的辛苦創作，進行一番總結。他把自己這一年中的所有作品，全都擺放在桌子上，然後「焚香再拜」，還把酒灑在地上說：「這是我一年來的苦心啊！」接著痛飲、唱歌，直到興盡才肯罷休！

賈島是一個真正能「苦吟」的詩人，他煉字煉句，幾近瘋狂，一生近四百首詩，全是他「苦吟」的結晶，「推敲」的成果。他這種對創作的認真嚴肅的態度，將永遠成為後世學習的典範。

吳武陵惜才力薦杜牧

唐朝人說，「城南韋杜，去天尺五」，杜牧即出身於城南杜家。京兆杜氏是魏晉以來數百年的高門世族，據考證杜牧是西晉杜預的第十六代孫。杜預，人稱「杜武庫」，博學多能，曾注《左傳》，在歷史上卓有盛名。有意思的是，杜牧與杜甫同為杜預後裔，只是支派相去很遠。杜牧的祖父杜佑，也是一位著名人物，他官至宰相，著有《通典》一書。《通典》是一部記載歷代典章制度沿革的巨著，是後世研究唐天寶以前典章制度的必讀之書。杜牧對自己的家族是十分自豪的，曾寫詩說：「舊第開朱門，長安城中央。第中無一物，萬卷書滿堂。家集二百編，上下馳皇王。」（〈冬至日寄小侄阿宜詩〉）其中的「家集二百編」就是指《通典》這部書。

杜牧家學深厚，他自己也是才華出眾。唐大和二年，杜牧二十六歲，他先參加了進士舉考試。唐朝當時的科舉制度可以在考試之前公開推薦，應進士舉的讀書人可以把自己的作品送給朝中有聲望的人，藉這些人的揄揚鼓吹或者推薦，便有了中舉的希望。杜牧出身名門，少有才名，當時朝廷中有不下二十人爭相為他宣揚名聲，其中推薦最有力的則是任太學博士的吳武陵。

杜牧參加考試這一年的主考官是侍郎崔郾，考試地點定在東都洛陽。崔郾離開長安要赴洛陽之際，朝中官員為他餞行。吳武陵策馬而來。崔郾聽說他來，微感驚訝，離席迎接。吳武陵說：「侍郎您以峻德偉望替天子選拔才俊，我豈敢不盡些力量？不久以前，我偶然看到太學生們揚眉抵掌，讀一卷文書，我湊近一看，原來是進士（唐朝時凡參加進士考試者都稱為『進士』，未必是進士及第者）杜牧作的〈阿房宮賦〉，這樣的人真是君王的輔佐之才！侍郎您高官事忙，恐怕還沒騰出時間讀吧。」於是就取出〈阿房宮賦〉朗誦一遍。崔郾接過一覽，也很驚奇，也很欣賞。吳武陵說：「請您在這次考試中取他為狀元。」崔郾說：「狀元已經有人了。」吳武陵說：「不得已，就第五名吧。」崔郾遲疑未應。吳武陵又說：「如果不行，請您把這篇賦還給我。」崔郾立刻應聲說：「就照您說的辦吧。」回到宴席上，崔郾告訴席間諸位朝官說：「方才吳太學博士推薦一位第五名進士。」有人問：「是誰？」答：「杜牧。」座中有人提出杜牧行為不檢點，似乎不便錄取。崔郾說：「我已答應吳君，杜牧即使是個屠沽，我也不能更改了。」

杜牧在洛陽應進士舉，真就以第五名進士及第。這次考試共取三十三人，杜牧有詩記此事：「東都放榜未花開，三十三人走馬回。秦地少年多釀酒，已將春色入關來。」（〈及第後寄長安故人〉）抒發了進士及第後的喜悅心情。

唐代制度，中進士的人還要通過吏部考試，然後才能得到官職。於是杜牧又從洛陽回到長安。這時正趕上朝廷舉行制舉考試，杜牧參加其中的賢良方正直言極諫科，又被錄取，授官為弘文館校書郎、試左武衛兵曹參軍。

一年之中，進士及第，制策登科，可謂年少得志，揚名京師。杜牧出身於官宦世家、書香門第，又博覽經史，進士、制科連試皆中，本應當做高官，享富貴，可是他秉性剛直，處於晚唐的黨爭時期經常受到排擠。而他的才華卻是不可泯滅的。清人薛雪在《一瓢詩話》中讚杜牧為「晚唐翹楚」，杜牧是當之無愧的。像吳武陵向崔郾推薦他時所提到的〈阿房宮賦〉，就顯示了青年杜牧的不凡才華。

唐大和七年（八三三年），杜牧原來跟隨的主公沈傳師被朝廷召為禮部侍郎，於是，杜牧就應當時任淮南節度使的牛僧孺的徵聘來到揚州。

杜牧到揚州的時候，那裡已是一座繁華的商業都市。揚州地處長江北岸、京杭大運河南端，是當時南北交通的重要樞紐。那裡商賈雲集，商業繁盛，「十里長街市井連」，揚州城裡店鋪林立，旅客客舍、茶肆酒樓應有盡有。隨著商業城鎮的出現、封建經濟的高度發展，歌樓妓館等專門的娛樂場所也蓬勃發展起來。這裡的飲食歌舞等娛樂享受在全國是第一流的，當時的俗諺說「腰纏十萬貫，騎鶴下揚州」。

杜牧在揚州牛僧孺幕中先做淮南節度府推官、監察御史里行，後轉為掌書記，人們稱他為「杜書記」。這位杜書記雖然是一位胸有報國志、關心國家命運的人，但在個人生活中卻有著貴家公子的放浪形骸、喜好聲色歌舞的不良習氣。《唐才子傳》中說他「美姿容，好歌舞，風情頗張，不能自遏」。

揚州每到入夜時分，娼樓之上就掛出無數絳紗燈籠來，「夜市千燈照碧雲，高樓紅袖客紛紛」（王建詩），這是歌樓妓館最熱鬧的時候。忙完一天公務的杜牧就在這時候暗自來到娼樓上尋歡作樂，風流快活。他自以為行動隱祕，實際上他的頂頭上司牛僧孺對他的這種行為一清二楚。不過，他對於杜牧還是非常器重的，對這位風流瀟灑的才子十分寬容。但揚州城三教九流，什麼樣人都有，他又擔心杜牧的安全，於是派出三十名士卒換成便裝跟蹤杜牧，對這位杜書記進行暗中保護。杜牧在揚州待了兩年，這種情形一直維持著。

在揚州期間，杜牧也曾遊玩訪古。揚州是隋煬帝國亡身死的地方，那裡尚有隋苑、鬥雞台及迷樓等遺跡。

杜牧一生走過很多地方，揚州在他的心目中佔據了一個重要的地位。離開揚州後，他常常思念這座城市，作詩抒發自己的思念之情，其中寫得較好的一篇是〈寄揚州韓綽判官〉：「青山隱隱水迢迢，秋盡江南草木凋。二十四橋明月夜，玉人何處教吹簫？」對揚州景物的描寫清新淡雅，思念之情蘊蓄其中。

杜牧離開揚州兩年後，曾經故地重遊過。開成二年（八三七年），他因弟弟杜顗在揚州眼病加重，從他當時任職的洛陽趕到揚州，住在城東的禪智寺。杜牧與杜顗手足情深，因為弟弟的眼病，杜牧的心情並不輕鬆，「誰知竹西路，歌吹是揚州？」（〈題揚州禪智寺〉）這時的杜牧已不再有當年的豪情逸興了。

〈杜秋娘詩〉與〈張好好詩〉

「杜秋詩」是指晚唐著名詩人杜牧的五古敘事詩〈杜秋娘詩〉。

杜秋娘是中晚唐時一位命運多舛的苦命女子，她因為貌美，十五歲時被皇室子孫、節度使李錡納作妾。據《新唐書》中說：「錡為節度使，暴踞日甚，屬吏死不以過者甚眾，又逼汙良家，甚至殺食判官牙將，行同野獸。」杜秋娘就和這樣一個人生活了十多年。但是，李錡很喜歡杜秋娘唱的〈金縷衣〉曲：

勸君莫惜金縷衣，勸君惜取少年時。
花開堪折只須折，莫待無花空折枝。

這首詩也是杜秋娘所作（此據沈德潛《唐詩別裁》和蘅塘退士《唐詩三百首》），才貌雙全的杜秋娘很受李錡寵愛。後來，李錡在憲宗元和二年謀反叛亂，兵敗被腰斬，杜秋娘則沒入皇宮。杜牧幼年時曾隨祖父杜佑進宮朝覲，那時或許見過她。杜秋娘在皇宮中生活了將近三十年，老來放歸故鄉。這時，她既窮且老，生活貧困。

唐開成二年（八三七年）秋末，杜牧自揚州赴宣州團練判官任，路過金陵（今南京），聽說了杜秋娘的故事，對她一生的坎坷經歷感慨萬分，於是「為之賦詩」，寫下了這首〈杜秋娘詩〉。

長江流經金陵時稱為京江。在這裡，「京江水清滑，生女白如脂」。其中有一位美麗的民家女子杜秋娘，她麗質天生，「不勞朱粉施」，十五歲時嫁給節度使李錡為妾。李錡是個蠻橫無道的李唐宗室，家中美女上千。杜秋娘深得李錡寵愛，常常捧著玉斝（古代禮器，酒宴上盛酒的器皿）為主人敬酒，並且為他演唱〈金縷衣〉曲。後來，李錡叛亂造反，事敗被殺。

作為罪臣的眷屬，杜秋娘等李錡的家眷要籍沒入宮中，「吳江落日渡，灞岸綠楊垂」。從金陵來到長安，這些家眷一齊去參見天子。在眾人當中，憲宗皇帝唯獨看中了杜秋娘。「椒壁懸錦幕，鏡奩蟠蛟螭。低鬟認新寵，窈嫋復融怡。」皇帝把杜秋娘安置在豪華的宮室中。新受皇帝寵愛的杜秋娘姿態美好，心情愉快。就這樣，杜秋娘開始了她的宮廷生活。有時在桂影參差的月夜，她閒來無事，按著紫玉簫吹奏；有時在「雁初飛」時節，她陪侍皇帝到南苑遊玩。這時，皇帝特別賞賜她「辟邪旗」。

遊罷歸來，吃的是豹胎之類的珍饈，但吃飽了也就不覺得它的味道甘美了。哪知好景不長，「咸池升日慶，銅雀分香悲」，憲宗去世，穆宗即位。昔日憲宗皇帝對杜秋娘的恩寵已經成為往事，就像「落花」再不能重放一樣。

不久，穆宗皇帝有了皇子李湊。畫堂之上，杜秋娘受命做了這位皇子的傅姆。從此，她兢兢業業扶持教養這位尊貴的皇子。穆宗十分喜愛這個皇子，「長楊射熊羆，武帳弄啞咿」，帶他到長楊宮遊獵，在武帳中也常常逗弄他。「漸抛竹馬劇，稍出舞雞奇」，小皇子漸漸長大成人，被封為漳王。「嶄嶄整冠佩，侍宴坐瑤池。眉宇儼圖畫，神秀射朝輝」，杜秋娘親手帶大的這位漳王儀表堂堂，人才傑出，頗有聲望。這時，穆宗、敬宗都已相繼去世，新即位的文宗不滿宦官專權，想除掉宦官。誰知事情辦得不夠隱祕，被宦官王守澄及其門客鄭注先得知消息。他們先發制人，誣告宰相宋申錫要廢文宗立漳王。由於漳王平時聲望很高，文宗心中本來就很忌憚他。此時一怒之下，聽信誣告，將無辜的漳王囚禁起來，把他的封地也削除了。漳王因為此事被貶為巢縣公。

漳王一遭禍，他的傅姆杜秋娘也不可避免地受到牽連，從宮中發放回她的故鄉。「觚稜拂鬥極，回首尚遲遲。四朝三十載，似夢復疑非。」走出宮門的杜秋娘回頭望望高與天齊的宮闕，她依依不捨，停步不前。從當初入宮到今天的出宮，她前後經歷了憲宗、穆宗、敬宗、文宗四朝，這近三十年的皇宮生活像夢一樣。經潼關返吳江，一路之上處處物是人非，還有誰知道這位老婦人就是當年美麗的杜秋娘呢？回到家鄉，故園已是荒草菲菲，「清血灑不盡，仰天知問誰？」從此，她過著貧困的生活。就是要織一匹用來做寒衣的絹，也得在夜裡借鄰家的織布機織成。

杜秋娘的坎坷遭遇，引起從金陵經過的杜牧的深切同情，「我昨金陵過，聞之為歔欷」。杜秋娘的不幸與王室內部的傾軋、朝代的更迭緊密相關。詩人由她聯想到一些前代婦女的命運：

夏姬滅兩國，逃作巫臣姬。
西子下姑蘇，一舸逐鴟夷。
織室魏豹俘，作漢太平基。
誤置代籍中，兩朝尊母儀。

光武紹高祖，本系生唐兒。
珊瑚破高齊，作婢舂黃糜。
蕭後去揚州，突厥為閼氏。

這首〈杜秋娘詩〉是杜牧的精心之作，受到與杜牧同時期詩人的好評。張祜在論詩絕句〈讀池州杜員外杜秋娘詩〉中說：「可知不是長門閉，也得相如第一詞。」李商隱也在〈贈司勳杜十三員外〉中特別提到，「杜牧司勳字牧之，清秋一首杜秋詩」，稱讚杜牧的這首名作〈杜秋娘詩〉。

杜牧二十六歲參加科舉考試後，在京城長安做了半年京官就被江西觀察使沈傳師徵聘為幕僚，隨沈去了洪州（今江西南昌）。

杜牧所跟隨的這位沈傳師，字子言，蘇州吳縣人。他是唐傳奇〈任氏傳〉的作者沈既濟的兒子。杜牧的祖父杜佑與沈既濟友善，並且將表甥女嫁給沈傳師為妻，因此，沈杜兩家既是世交又是親戚。沈傳師赴任之際，親友向他推薦許多人做僚屬，沈傳師都婉言謝絕，唯獨相中杜牧，對杜牧的才華非常賞識。杜牧覺得盛情難卻，也就隨沈傳師去了洪州，從此開始他的幕僚生活。

那時候，各地的節度使、觀察使及刺史治所都設有官妓，當長官大人們飲酒宴樂時，這些官妓要陪伴歌舞。身為江西觀察使的沈傳師，其治所照例有官妓。杜牧到洪州後的第二年，即大和三年，在一次飲宴中認識了歌女張好好。當時，「好好年十三」，「以善歌」聞名。她才華出眾，又容貌姣好，沈傳師對她很欣賞，說她的才色天下少有。後來，張好好被沈傳師的弟弟沈述師看中，納為妾。

杜牧和沈述師也有交往。沈述師，字子明，曾任集賢校理。沈述師是唐代著名詩人李賀的好友，就是他邀請杜牧為《李賀集》作的序，這篇序成為杜牧的名篇之一，序中用了九種比喻來形容李賀的詩歌，對李賀詩的長短得失作了中肯的評價，後世凡研究李賀者，沒有不參考這篇序的。

大和九年，杜牧以監察御史分司東都。在洛陽街頭，杜牧竟遇到了當壚賣酒的張好好。原來，張好好嫁給沈述師做妾，僅僅兩年就遭棄逐，輾轉流落到洛陽以賣酒為生。故人相見，追憶當年，多少感慨，幾許哀嘆，一番滋味湧上心頭。杜牧情不可遏，於是寫成了這篇五古〈張好好詩〉。

這是一首「感舊傷懷」之作，主要記述了張好好今昔不同的境遇。

當年的張好好年幼美貌，正值「豆蔻梢頭二月初」的年齡，長得「翠茁鳳生尾，丹葉蓮含跗」，像鳳凰和紅蓮花這些美好的事物一樣美麗。在南昌著名的滕王閣上，主公沈傳師大排筵宴，邀請眾位賓客與他一起試聽張好好的演唱。大家落座已定，有人引領張好好姍姍而來。她微微低著頭，頭髮挽成一高一低的雙鬟，稚嫩的身軀剛剛能撐起青羅裙子。站定之後，就開始進行她的初次表演了：

盼盼乍垂袖，一聲雛鳳呼，
繁弦迸關紐，塞管裂圓蘆。
眾音不能逐，裊裊穿雲衢。

對張好好的演唱，尤其是她的聲音，杜牧所作的描寫非常精彩。這一節用今天的話來說就是：她轉目顧盼四周的賓客，然後垂下衣袖，發出雛鳳般的歌聲。歌聲清越、高亢，這聲音使琴弦的關紐迸斷、蘆管也為之裂開，各種樂器的聲音都無法和好好的歌聲相比，她的聲音裊裊地穿破雲衢。這段描寫辭采華豔，杜牧將無形的聲音描摹得形象生動，使人如聞其音，如見其形。張好好的演唱也的確精彩，沈傳師稱讚她天下獨絕，贈送她天馬錦、犀角梳作為獎品。

從那以後，張好好就成為江西觀察使府裡的走紅人物，陪同沈傳師及幕僚們到處遊玩。他們「龍沙看秋浪，明月遊東湖」，當地有名的遊玩之處都被他們走遍了，無論走到哪裡都少不了張好好的歌聲。張好好和杜牧等這些幕僚們常常相見，也就漸漸熟識起來。這時候的張好好也隨著時間的推移越長越美，「玉質隨月滿，豔態逐春舒，絳唇漸輕巧，雲步轉虛徐」。

一年以後，沈傳師從洪州移鎮宣州，也把張好好帶到了宣州。冬去春來，宣州的謝樓、句溪等名勝之地都留下了他們尋歡作樂的身影。其他的一切都如塵土一般，唯有酒前的歡娛是他們所追逐的。這時，英俊瀟灑、才華橫溢的沈述師看中了張好好，「聘之碧瑤佩，載以紫雲車」，用隆重的儀式將張好好納為妾室。從此，「洞閉水聲遠，月高蟾影孤」，杜牧再沒見到張好好，當年同遊同樂的夥伴也漸漸地分散了。

幾年之後，杜牧到洛陽做官，沒想到會遇到當年的舊相識——歌女張好好。不知為什麼，她被沈述師拋棄了。杜牧遇見她時，她正「婥婥為當壚」。他鄉遇故人，彼此自有一番問詢。張好好奇怪杜牧因為什麼煩惱，以至於年紀輕輕鬢髮就發白了。杜牧則打聽當年一起遊玩的朋友現在是否還在，他們是不是還像過去那樣放浪不羈。兩人一同聊起昔日的朋友，沈傳師剛剛於他們相遇的這一年的四月分去世。「門館慟哭後，水雲秋景初。斜日掛衰柳，涼風生座隅。」自從我因沈傳師的逝世而傷心慟哭，轉眼又到初秋。夕陽停在已衰的柳樹梢頭，秋日的涼風吹到我的座邊。這是詩人對自己的描述，秋季裡淒涼的景物與詩人感傷的心境暗合。他的感傷，既有對張好好不幸命運的同情，也有對自己仕途坎坷的憂傷。詩人將張好好的不幸與自己的感傷聯繫起來，蕭瑟疏淡中又飽含深情，「灑盡滿襟淚」，寫成這一首詩。

〈張好好詩〉是杜牧用真情熔鑄的一首五古長詩。詩中的主人公的社會地位是相當卑下的，而詩人並不在意這些，對像張好好這樣的社會下層婦女的命運予以關注。他撫今追昔，用細緻的筆法刻畫出一位昔日人人垂青、美麗而又具有超凡音樂才華的女藝人形象，對她無辜被棄、當壚賣酒的不幸命運寄予深切的同情；同時，詩人對自己「少年垂白鬚」的狀況也暗自神傷。情感的魅力使〈張好好詩〉具有感人的力量，此詩一經傳出，就獲得眾多讀者的同情，張好好的聲名也一時大振。

杜牧的這首〈張好好詩〉的手跡留存至今。他的書法在唐代詩人中也是赫赫有名的。《宣和書譜》曾列唐詩人中擅長書法的人，杜牧與賀知章、李白、張籍、白居易、許渾、司空圖等人並列譜中。宋徽宗曾親筆在〈張好好詩〉手蹟上用楷書題寫：「唐杜牧張好好詩。」著名書畫家董其昌評這首詩的手跡說：「樊川此書，深得六朝氣韻，余所見顏、柳以後，若溫飛卿與牧之，亦名家也。」〈張好好詩〉真跡現在存於故宮博物院。

李商隱和令狐楚的友誼

在李商隱的人生經歷中，有一個對他頗具影響的人——令狐楚。令狐楚第一個慧眼識英，器重他，扶植他，可以說令狐楚是他的師長，但是和令狐楚的相識也給他後來的尷尬境遇埋下了伏筆。

李商隱幼時喪父，家境貧寒。家中除了三個已出嫁的姐姐，還有五個弟妹。作為長子，還未成年的李商隱不得不和母親一起擔起家庭的重擔。幸好，李商隱自幼練得一手好書法，在當時的東都洛陽，文物典章興盛，公私藏書不斷發展豐富，李商隱就靠替人抄書來維持一家人的生活。

雖然李商隱自幼家境不好，但是他仍然得到了及時的良好啟蒙和教育。他和弟弟們一起在一位學富五車的堂叔父的指導下學習。這位堂叔父不但精通五經而且擅長古詩、小學（就是文字訓詁學）和書法。在他的嚴厲教導下，加上自己的天賦和刻苦，少年時代的李商隱就做得一手好古文，寫得一手好字，尤其精於篆法。

唐文宗大和二年（八二八年），十六歲的少年李商隱在洛陽城內已經頗有名氣了。不只是因為他擅寫秀麗的工楷，特別引起社會矚目的，而是這個靠抄書為生的弱冠少年居然極擅作文。他十六歲就寫成了〈才論〉和〈聖論〉，這兩篇文章在當時洛陽的文壇顯要中博得了一片讚揚聲。李商隱少年時代因文章轟動當世，直到八四七年，他編定自己的文集《樊南生集》的時候，還在序言中津津樂道此事，非常引以為傲。就在少年李商隱開始在文壇上嶄露頭角的時候，唐文宗大和三年（八二九年）三月，當朝一位有名的將軍令狐楚被派到洛陽來了。

大和三年，令狐楚已經年逾花甲，是個飽經宦海、知人識才的老人。當少年李商隱拿著自己的詩文去拜謁他，請求他指教的時候，作為一個駢體文名家，令狐楚並沒有因為李商隱擅長古文而排斥他，反而因為李商隱年少英發，認為他很有發展前途，以禮相待。令狐楚還提醒李商隱，他的古文雖然寫得好，卻都不是當今在仕途官場上進身用得著的東西，要想在仕途上有所作為，還要能寫當時流行的四六文才行。少年多志的李商隱欣然接受了令狐楚的建議，跟隨他學習駢體文。令狐楚還讓李商隱和自己的兒子令狐綯、令狐緒，侄子令狐緘一起讀書，常來常往。他還親自指點提攜，待李商隱如弟子又如子侄。

這年十一月，令狐楚進位檢校右僕射，遷為天平軍節度使、鄆曹濮觀察使，要離開東都洛陽，前往距洛陽九百七十多里的鄆州（今山東東平縣）上任。令狐楚決定聘李商隱入幕，讓他和自己一同前往。這時的李商隱年才弱冠，尚未參加科舉考試，還是一個沒有取得功名的白丁。令狐楚的這個建議，對於他來說實在是意想不到的破格優待。跟隨令狐楚到鄆州去，不但可以繼續向他學習今體章奏的寫作技巧，而且在經濟上有了收入，對家庭也可以有些幫助。更為重要的是，這將是走上仕途的重要一步。於是，李商隱滿懷感激接受邀請，隨令狐楚赴任鄆州。

在鄆州，人們看到新來的節度使身邊總有一位弱冠少年隨侍左右，令狐楚還常常讓他即席賦詩。「每水檻花朝，菊亭雪夜，篇什率徵於繼和，杯觴曲賜其盡歡。委曲款言，綢繆顧遇。」李商隱在令狐楚的提攜關懷下，度過了一段無憂無慮、瀟灑自如的幕僚生活。這也可以說是他政治生涯的起點。他在多年以後回憶當時的情景：「天平之年，大刀長戟，將軍樽旁，一人衣白。……人譽公憐，人譏公罵。……」在令狐楚府邸的袞袞諸公中，只有李商隱是個無爵祿的白衣書生，但是令狐楚對他的信任竟到了別人稱讚他就高興，批評他就生氣罵人的地步。

大和四年（八三〇年），十八歲的李商隱得到令狐楚的資助，陪同令狐楚的兒子令狐綯一起上京參加進士考試。結果令狐楚的兒子金榜高中，李商隱這種沒有家世背景的人卻名落孫山。他依舊回到令狐楚的幕府中，擔任巡官之職。後來又隨調任太原尹的令狐楚去了太原。此後幾年中，他屢次由令狐楚資助上京應試，卻是屢試不中。大和七年（八三三年）春，他離開太原再次赴京應試，結果還是不取。這時令狐楚被調任吏部尚書，要離開太原進京。李商隱便離開令狐楚回到家鄉。李商隱在此後一直和令狐楚保持密切的聯繫，書信往來，請安問候。李商隱還索取令狐楚在太原所作的詩歌，以便學習。

開成二年（八三七年），李商隱又參加了進士考試。這一次由於令狐綯的推薦，李商隱終於進士及第了。在長安，他給當時遠在興元任山南西道節度使的令狐楚發了一封報喜信。信中表達了對令狐楚的感激之情，說自己即使粉身碎骨也無以為報。令狐楚也多次寫信請他再入自己的幕府任職，幫助料理文書往來事務。可是由於家事纏身，直到秋末冬初李商隱才到達興元。此時，令狐楚已身患重病，臥床不起了。

令狐楚臨終前，又把李商隱叫到跟前，說自己還有很多話想上奏皇帝，可是已經心有餘而力不足，並請李商隱代替他寫遺表上奏。令狐楚對李商隱的賞識和信賴可以說至死不變。無論在政治上還是文學上，令狐楚都給了李商隱很大的幫助，並對他的一生產生了很大的影響。他曾不遺餘力地栽培過初出茅廬的李商隱，可是李商隱怎麼能想到這短暫的順利後面正潛伏著長久的隱憂和終生的煩惱。

作為一個詩人，李商隱在晚唐詩壇乃至整個唐代文學史上的地位和價值都是引人注目的。在李商隱生活的時代，他就已經享有盛名，他和杜牧並稱「小李杜」。他又和溫庭筠並稱「溫李」。李商隱的詩歌給後世留下了極為深遠的影響。

在李商隱的詩歌作品中，有一部分以「無題」做篇名的詩。另有一些詩篇，截取首句頭兩個字做題目，也可以看成是無題詩。現存李商隱的詩作中共有無題詩十七首。除了少數篇章外，這些無題詩絕大多數都是描寫男女愛情、離別相思的，它們在李商隱的作品中占相當的數量，並且這些詩都具有鮮明的個性特徵和濃郁的抒情色彩，在當時就得到廣泛的傳誦和人們的喜愛，有些後來更成為千古流傳的名句，以至於人們一提到無題詩，就會想到李商隱。

這些無題詩表面看來是歌詠愛情的吟唱，可是千百年來它們卻著實讓研究者們大費周章，對它們的看法也是眾說紛紜。爭論的焦點在於這些詩是否另有寄託，寄託的具體內容究竟是什麼？中國古代詩歌早就有藉美人香草、男女之情寄託政治追求和理想的傳統，歷代都有詩人寫過這樣的作品，只是他們的寄託大都比較明顯，詩作也都是抒懷言志的作品，遠不及李商隱的無題詩研究起來這麼複雜。李商隱的無題詩之所以令人費解，主要是由於他漂泊迷離、因捲入黨爭而鬱鬱不得志的悲劇人生和特定的社會背景造成的。李商隱曾說，他寫詩「為芳草以怨王孫，借美人以喻君子」，可見他的詩確實另有寄託。可是，他也曾寫過一首〈有感〉：「非關宋玉有微辭，卻是襄王夢覺遲。一自高唐賦成後，楚天雲雨盡堪疑。」這裡他似乎又在暗示他的作品被人懷疑另有寄託，其實並無寓意。

李商隱詩中隱寓的愛情故事

「相見時難別亦難，東風無力百花殘」，「身無綵鳳雙飛翼，心有靈犀一點通」，「春心莫共花爭發，一寸相思一寸灰」……李商隱為後世留下了許多膾炙人口的愛情詩名句。李商隱的愛情經歷是豐富而多彩的，正是他內心對於愛情的豐富感受流諸筆端，才有如此動人的詞句傳誦於世。

說到李商隱的愛情經歷還要從他學道玉陽山說起。八三四年，李商隱的表叔崔戎突然去世，李商隱一時失去了生活的依靠。他求取功名不成，在仕途上進身無門，政治上的出路似乎暫時斷絕了，於是不得不只身來到濟源境內的玉陽山學仙求道，希望在空靈世界中尋找到精神上的寄託。玉陽山是王屋山的一條支脈，風景優美，林木深邃。山裡建有許多道觀。據說睿宗皇帝的女兒玉真公主出家修行的靈都觀就在這座山裡。李商隱學仙時間不長，可是這裡給他留下了深刻的印象，他還取了山裡一條溪水的名字來作自己的號：玉溪生。那麼，是什麼讓詩人在這裡找到了精神寄託？在這表面上超脫塵世生活的仙境裡，是什麼東西有那麼巨大的力量吸引著詩人，以至於詩人在以後的詩作中充滿仙境縹渺的感覺呢？那就是李商隱在女道士身上第一次獲得人世間的愛情！

唐朝時，道教和佛教一樣勢力很大，受到朝廷的尊崇。在這些與世俗有著特殊關係的道觀裡有許多失去人身自由，沒有幸福，沒有愛情的女道士。據《唐書》記載，唐文宗開成三年六月，一次就送出宮人四百八十人，到兩街寺觀安置。她們或者侍奉入道的活著的公主貴人，或者只是供奉已經「飛仙」的公主的畫像，從此終老。每當皇帝更替，就有許多先帝的宮嬪被送入道觀。

李商隱在玉陽山和一位姓宋的女道士發生了戀情，一直到後來，這位女道士隨同貴主回到長安華陽觀去以後，李商隱依然對她念念不忘。李商隱有詩〈月夜重寄宋華陽姊妹〉，詩中寫道：「偷桃竊藥事難兼，十二城中鎖彩蟾。」又有詩〈別智玄法師〉：「雲鬢無端怨別離，十年移易住山期。」大概都是記載這一段戀情的。當然，在那樣的時代，這樣的戀情是沒有任何結果的，我們也只能從義山的詩中尋覓一些蛛絲馬跡，並體會李商隱當時的心情。

李商隱另有〈柳枝詩〉，連同詩序一起講述了詩人的另一個愛情故事。

春天的洛陽，薰風醉人，百花盛開，到處是一派蓬勃的生機。才華橫溢、意氣風發的李商隱發現在堂兄李讓山的鄰居家有一個非常可愛的十七歲的少女——柳枝。柳枝純潔任性，活潑好動，又多才多藝。她「塗妝綰髻，未嘗竟，已復起去。吹葉嚼蕊，調絲操管，作天海風濤之曲，幽憶怨斷之音……」深深地打動了年輕詩人的心。

接著，李讓山受了李商隱的請求和委託，用一種極具詩意的方式去叩開少女漸漸覺醒的青春心扉。在某一個春日，李讓山在柳枝家南邊的柳樹下下馬，忘情地高聲朗誦李商隱的〈燕台詩〉。〈燕台詩〉是李商隱用七言歌行體模擬李賀詩風來抒寫少年情懷的詩作，共〈春〉、〈夏〉、〈秋〉、〈冬〉四首。〈春〉描寫詩人幻想自己化作蜂蝶，在大好春光之中尋找心上人的急切心情；〈夏〉描寫一個男子渴望與情人親近而不可得；〈秋〉則描寫一個女子在閨中思念情人的苦悶，詩中寫道：

月浪衡天天宇濕，涼蟾落盡疏星入。
雲屏不動掩孤顰，西樓一夜風箏急。
欲織相思花寄遠，終日相思卻相怨。
但聞北斗聲回環，不見長河水清淺！

總之，無論哪一首都是情深意切、旖旎動人的好詩。柳枝被如此生花妙筆打動了。她「驚問：『誰人有此，誰人為是？』」李讓山回答柳枝說：「此吾里中少年叔耳！」也許在此之前，柳枝已經聽說過李商隱的多才和文名，所以在她聽讓山說明一切以後，這個情竇初開、多情而又勇敢的少女立即作出回應，她「手斷長帶，結讓山為贈叔乞詩」。長帶是她的贈與詩人的信物，而乞詩是他們進一步深交的最好途徑，詩歌成了他們情感交流的虹橋。

第二天，讓山帶著商隱去和柳枝見面。為了避人耳目，以免產生不必要的麻煩，他們裝作無意邂逅的樣子，並且約好了三日後相見。

可是三天以後，他們並沒有如約相見。一個和李商隱約好同赴京師的朋友，惡作劇地拿著他的行李先走掉了，致使李商隱無法按原定計劃留下等待三天後和柳枝的會面。柳枝的失望和悲傷可想而知。就在這一年的冬天，李商隱在長安得知了柳枝的不幸遭遇。一日讓山冒雪而至，告訴詩人：柳枝已經被鎮守東都的大官奪走了。

以上就是詩人在詩序中講述的故事。一對青年男女自然地相悅相引，自由地結識交談，並且幻想著自主地安排自己的未來生活，可是這動人的故事只能是一個悲劇的結局。詩人在聽到柳枝的不幸消息之後，提筆寫下了五首小詩和序，紀念純潔善良的情人。

〈柳枝詞〉共五首，用的是南朝樂府民歌的形式：

花房與蜂脾，蜂雄蛺蝶雌。
同時不同類，那復更相思？

本是丁香樹，春條結始生。
玉作彈棋局，中心亦不平。

嘉瓜引蔓長，碧玉冰寒漿。
東陵雖五色，不忍值牙香。

柳枝井上蟠，蓮葉浦中乾。
錦鱗與繡羽，水陸有傷殘。

畫屏繡步障，物物自成雙。
如何湖上望，只是見鴛鴦？

這些詩表現了李商隱對柳枝深摯的感情。他讚美柳枝，把她比喻成美麗的丁香，比喻成晶瑩剔透的嘉瓜，表達了自己對柳枝的深情和失去情人之後的悲傷，並且發誓永誌不忘。我們從中可以看出，此時李商隱的感情還是少年情懷，雖然傷感，但並無消沉的色彩。

李商隱對妻子的感情也是真摯的，雖然婚姻給他的前途帶來了不幸，可是當與他相濡以沫的妻子早早去世後，他寫下了許多感人至深的無題詩。李商隱的無題詩雖有他的多意性，我們卻不能否定它們作為愛情詩的價值，這些愛情詩似乎比少年李商隱的詩作更深刻更迷茫也更動人。然而，此時的李商隱經歷了太多的坎坷，其中的情感明顯的沉重了，因此也多了令人迷惑的複雜情緒，與少年時的多情又不可同日而語了。

「秦婦吟秀才」大詩人韋莊

〈秦婦吟〉是唐代詩人韋莊的代表作，也是現存的唐詩裡最長的一首敘事詩。

和許多唐代大詩人一樣，韋莊出身於貴族地主家庭，他的遠祖韋待價曾做過武則天時代的宰相，大詩人韋應物是他的四世祖。這都是令韋莊自豪不已的。但到韋莊這一輩時，韋家已經大不如從前了。但他的童年時代還是很幸福的，從他〈塗次逢李氏兄弟感舊〉詩中，我們可以知道他與李氏兄弟騎過竹馬，戲弄過塾師，又常去捕蝶捉鳥，很是無憂無慮。

可是，他的幸福生活並未持續很久。先是他父母相繼亡故，拋下他一個少年孤零零地在世上，經濟上失去了依靠，又常受別人欺負，處境非常艱難。但他仍努力學習，以求在科舉考試中一舉成名。

然而，在首次參加的考試中他名落孫山，這給了他沉重打擊。經濟上沒有來源，又飽受鄉人嘲笑，韋莊一氣之下離開了家鄉，東出潼關以尋找出路。

他先到了虢州，一時生活無著落，便暫時在澗東村、三堂縣、朱陽縣流浪。所幸這裡的主人對他很友好，給他淒涼的心裡多少帶來一絲安慰。

唐僖宗乾符六年（八七九年），韋莊再次滿懷希望地來到長安應試，卻再一次榜上無名。在這沉重的打擊之下，他病倒在客店裡。想離京而無盤纏，滯留長安又交不起店錢，貧病交加，異常窘迫。

就在他滯留長安的這段時間裡，唐末農民大起義已成燎原之勢，並漸漸集中到黃巢部下。黃巢義軍所向披靡，攻佔了湖南。

韋莊在貧病中得知這一消息，萬分焦急，作為地主階級知識分子中的一員，雖然對自己屢試不第和統治者的昏庸無能是有怨言的，但他還是希望自上而下的改革而反對農民自下而上的起義。在〈又聞湖南荊渚相次陷沒〉詩中，他表達了對「天子只憑紅旆壯，將軍空恃紫髯多」的諷刺和不滿，悲嘆「戰餘空有舊山河」的慘烈和「幾時聞唱凱旋歌」的迫切希望。

但唐軍實在太腐朽了，根本不是義軍的對手，一觸即潰。黃巢義軍渡長江，占洛陽，進潼關，勢如破竹。廣元元年（八八〇年），義軍攻下長安，唐僖宗狼狽逃往四川。

韋莊在兵荒馬亂中與親人失散，又重病不起，困居在長安城內，過著艱難的生活。

中和二年（八八二年），韋莊終於逃離了長安，來到了洛陽。沿途所見戰亂後的淒慘景象給了他很大刺激，而各路藩將觀望、擁兵自重則又使他憤恨不已，對義軍的仇恨和對藩將的不滿促使他創作了長達一千六百六十六字的長篇敘事詩——〈秦婦吟〉。

〈秦婦吟〉講述的是中和三年（八八三年）的春天，洛陽城外繁花似錦、景色秀麗而行人稀少。詩人忽然看見一位貴婦模樣的女子在樹下歇息，便上前搭話。原來，這位婦人是以前長安貴族的女兒，因黃巢軍隊攻占長安而被擄，「三年陷賊留秦地」。詩的餘下部分全是以這個女子的口吻敘述的。

她先敘說黃巢軍隊如何突然攻占長安，她怎樣被擄掠。然後是黃巢在長安稱帝建國，及與唐軍反覆交戰和城困糧絕，被迫人吃人的慘景。然後講她逃離長安，東出潼關，經過新安（今河南省新安縣），到達洛陽，這一路上所見所聞的唐軍佔領區的情況。

長詩第一次從正面反映了唐末農民大起義。但是詩人對農民起義的認識和理解，是完全站在統治階級立場上的，表現出維護唐朝統治、詆毀黃巢義軍的思想感情。

詩中所描寫的起義軍攻進長安時的情景，重點表現了起義軍帶來的災難：

家家流血如泉沸，處處冤聲聲動地。
舞伎歌姬盡暗捐，嬰兒稚女皆生棄。

接著又寫四鄰如花女子，或是被擄奪而去，或是因不從被殺，或是集體投井自盡以免受玷汙，或是因四面火起而被燒作炭灰，極力渲染居民的苦難和農民軍的殘暴。詩人的描寫自然有一些是真實的，雖是借「秦婦」之口述說，其實在城陷時，韋莊尚滯留城內，〈秦婦吟〉中的一些描寫多半是詩人耳聞目睹的。

對於黃巢的稱帝封官，詩人站在當時多數知識分子的立場上予以嘲諷斥罵。他說這些義軍頭領們不會穿朝服，不會持象笏，不會佩金魚袋，還在臉上刺字以誇示功勞，認為他們就像猴子戴冠冕一樣可笑可罵：

衣裳顛倒言語異，面上誇功雕作字。
柏台多士盡狐精，蘭省諸郎皆鼠魅。
還將短髮戴華簪，不脫朝衣纏繡被。
翻持象笏做三公，倒佩金魚為兩史。

〈秦婦吟〉除了嘲罵起義軍外，也對各路藩將的擁兵自重和唐軍的為害民眾進行了譴責。

〈秦婦吟〉中寫「秦婦」經過新安時，正巧遇見一位面黃肌瘦的白髮老者，他向「秦婦」揭示唐軍明搶暗奪、為害人民的醜惡行徑：

> 千間倉兮萬斯箱，黃巢過後猶殘半。
> 自從洛下屯師旅，日夜巡兵入村塢。
> 匣中秋水拔青蛇，旗上高風吹白虎。
> 入門下馬若旋風，罄盡傾囊如捲土。

老者的財物在黃巢軍經過後還剩下不少，但自從附近屯紮「官軍」之後，他們日夜派兵，四處騷擾，公然入室，拔劍威脅，把老翁家的財物搜刮得乾乾淨淨才離去。民眾衣食無著，又如何度日呢？

一身苦兮何足嗟，山中更有千萬家。
朝飢山上尋蓬子，夜宿霜中臥荻花。

官軍回來，人民本該重回故居從事生產才對，但因官軍凶暴甚於農民軍，而使村民不敢下山，只能飢食蓬子，困宿荻花。詩人在這裡痛斥官軍的凶暴，同情民眾的苦難而又無能為力。

〈秦婦吟〉在藝術成就上也很突出。作者所寫人物眾多，有官軍，有義軍，有婦女，有老翁；事件紛雜，有義軍占長安，有秦婦見聞，有官軍殘民事件，但卻布置得井然有序，以「秦婦」的敘述為線把這些人物事件貫穿起來，成為一個有機整體。

〈秦婦吟〉的語言明白易懂，描寫生動細緻，可以發現其受白居易新樂府詩的有益影響，這就更利於此詩的流傳。這首詩在當時就非常流行，韋莊也因此而被稱為「秦婦吟秀才」。

參加農民起義的詩人皮日休

唐代詩人成千上萬，但以進士身份參加農民大起義的，則只有晚唐的皮日休。

皮日休，湖北襄陽人。其出生年月不詳，大致在八三四至八四八年之間，早年因追慕東晉大書法家王羲之，故而自名逸少（王羲之字逸少），後來改為襲美。

皮日休出身於地主家庭，但家境並不寬裕。年輕時，他在襄陽的鹿門山讀書學習，學習餘暇還要耕田種地。親身參與農耕，拉近了他與農民的距離，使他對農民的苦難和社會的不平有深刻的體驗和理解。

三十歲時，皮日休幾乎讀遍了家鄉附近所能找到的一切書籍。他滿腹經綸，在襄陽一帶是公認的大學者、大詩人，躊躇滿志的他準備像李白那樣出去遠遊，以求得到當政者的賞識，以便把自己的才華施展於治國大政上。

咸通四年（八六三年），皮日休告別家鄉父老，開始了滿懷希望的遠遊。他從襄陽出發，坐船順著漢水而下，向京城長安而去。一路上，他走湖北，過湖南，經江西，沿途壯麗的景色令初次出門的皮日休激動不已，同時，也見到了沿途人民的苦難生活現實。

在江西他逗留的時間較長些，主要是和一批志趣相投的詩人飲酒作詩唱和。半年之後，他又踏上了征程。在河南，唐王朝的腹心地帶，皮日休見到了截然相反的兩種情景：這裡比他的家鄉要繁榮多了，但貧富的差距卻十分顯著。富人們在那裡聲色犬馬，揮霍無度，而窮人們則吃不飽飯，穿不暖衣，處於悲慘的境地。這給他的思想震動很大。歷時近三年，皮日休到達了京城長安。此時的他更加關切社會問題，希望改變這種不合理的社會現實。

長安是唐王朝的統治中心，達官貴人觸目皆是。對廣大人民貧苦生活有深入了解的皮日休對這些腦滿腸肥的貴人從心底裡厭惡。但為了能掌握權力，實現自己的政治抱負，他也不得不違心地與他們結交，以便在即將到來的科舉考試中獲得成功。

當時的考試並不是很公允，考試結果主要由主考官的個人意見決定。舉子的成功與否不完全在於他的才能大小，他是否有名氣是非常重要的因素。要達到有名氣，就必須以自己的詩文去進謁當時的那些名流權貴，他們只言片語的評價對於舉子來說都是極重要的。一個人能不能考中，很大程度上取決於這些名流是否讚賞。

皮日休雖然受到正統的儒家教育，但他又有不同於一般書生之處，由於對廣大人民苦難生活的同情、理解，其思想深處有著對現實的不滿，充滿叛逆精神的一面。

為了求取功名，皮日休盡力在進謁的詩文中壓抑自己的真實情感，以取悅權貴們。但其激進的思想仍時有流露，這使達官貴人們大為不滿，他們欣賞皮日休的才華，但無法容忍皮日休的異端思想，結果可想而知。

唐僖宗咸通七年（八六五年）春，皮日休參加科舉考試，未被錄取。眼見一幫凡俗之人榜上有名而自己卻名落孫山，這給皮日休以極大刺激，一氣之下，他離開了長安。

第一次應試不第雖然給了他沉重一擊，但他並未拋棄幻想。第二年，即咸通八年，他再次來長安應試。這次，幸運地被金榜題名了，皮日休的情緒重新高漲起來。這一次他要一展抱負，實現自己上安朝廷、下治萬民的理想了。

但嚴酷的現實再一次給他上了一課。他雖然考中進士，但還不能馬上做官。按當時慣例，新中進士須向吏部的頭兒繳納一定的銀兩之後才能得到官，而皮日休身無分文。他再一次陷入窘境，只好在第二年惆悵不已地離開長安，在蘇州刺史崔璞手下當了一名郡從事。

在蘇州，他結識了吳中名士陸龜蒙。二人志趣相投，結為詩友，彼此酬答唱和都很快樂。結交到一個知心好友，多少令皮日休從仕途坎坷的鬱悶中解脫出來。

因在蘇州工作努力，他受到了刺史的讚賞，崔璞向朝廷推薦了他。唐僖宗咸通十三年，皮日休被調回長安，任太常博士。這只是一個閒職，皮日休的政治抱負仍不能實現，他仍然很苦悶。

這時，黃巢起義軍已席捲大半個中國。唐僖宗乾符二年（八七五年），皮日休回到吳郡任地方官。此時，唐王朝自上而下的徹底腐敗已令皮日休心灰意冷。他清醒地認識到，唐王朝的滅亡只是個時間問題，自己的一番治國抱負不可能在腐朽的唐王朝實現了。他認為起義軍必將代替唐王朝，黃巢是個可以信賴的領袖，自己的治國理想只能在義軍奪取天下後才會實現。

唐僖宗乾符五年，黃巢義軍攻下了杭州和越州（今日的紹興），皮日休加入到了起義隊伍中，並得到了黃巢的尊重與信任。八八〇年，義軍攻下長安，黃巢稱帝，以皮日休為翰林學士。他總算有機會施展自己的政治才華了。但由於義軍首領的一系列失誤，導致兵敗。不久，李克用率沙陀兵攻入長安。義軍被迫向河南退卻，黃巢也被迫自殺。皮日休從此不知下落。

皮日休的文章和詩都獨具一格，他的文章主要存於《文藪》中。他散文中的政論小品文是唐末時期大放異彩的一枝奇葩。

他的詩共有三百五十餘首。其中以《文藪》中的詩歌成就最大。皮日休繼承了杜甫、白居易的現實主義詩歌傳統，「唯歌生民病」，即描寫勞苦民眾的苦難以揭露現實的黑暗。

叛逆的黃巢怒寫〈菊花詩〉

黃巢是唐末農民大起義的領導者，他是曹州冤句（今山東省菏澤）人。他的父親是一個敢作敢為的私鹽販子，專門與政府作鬥爭。父親的行為給幼年的黃巢以很大影響，他的反叛性格多少與此有關。

他自幼便喜愛習武，騎馬、射箭都很精通。他也上過私塾，讀過經史，並且能寫一手漂亮的文章，實在是一個文武皆精的不可多得的良材。

為了維持生計，成年後的黃巢在讀書習武之餘也販賣私鹽。在這一過程中，他以其過人的品格和豪爽的性格結交了一大批江湖好漢。他重義輕財，常周濟境況不如自己的鄉鄰，因而很得家鄉一帶農民的支持。

青年時代的黃巢與當時大多數青年文士一樣，對統治者抱有幻想，希望通過科舉而走上仕途，以實現自己的報國濟民之志。

但一次次應考，一次次落榜，使黃巢最終認清了統治者的腐朽本質。唐末的科舉已經純粹變成了黨同伐異的工具，各個主考官都力圖通過科舉來提拔一些為自己服務的手下。黃巢天生痛恨做別人的走狗，拒不巴結當權者，而固執地想用自己的真才實學來換得功名，結果是不言而喻的。

經歷了科舉不第的再三打擊，黃巢憤怒而傷心地放棄了入仕當官的念頭。回到了家鄉，繼續販賣私鹽。

唐僖宗咸通十四年（八七三年），山東大旱。農民餓死的成千上萬，但賦稅反而有增無減。農民們再也沒有活路，只有起義造反，爭取自己的生存條件。

咸通十四年，王仙芝首舉義旗。同年夏，黃巢在冤句起兵響應。起義軍發展很快，攻城佔地，捕殺贓官，深受貧苦農民歡迎。

不久，王仙芝在一次戰鬥中失敗被殺。他的部下北上與黃巢會師，並公推黃巢為統帥，號為「沖天太保均平大將軍」。「沖天」指滅唐，「均平」指奪富予貧。在這些有吸引力的口號的號召之下，農民紛紛加入義軍，到八七八年，黃巢手下已有數十萬大軍。

因為中原地帶是唐朝藩鎮眾多的地區，不利於義軍，黃巢決定避實擊虛南下。他們一路渡淮河，佔和州（今安徽省和縣），過長江，進浙江，又從浙江衢州開山劈路七百餘里，直達建州（今福建建甌），再過五嶺攻佔了廣州。這時起義軍人數已達五十多萬。

在稍事修整後，黃巢率大軍北伐。義軍一路上秋毫無犯，很得人心，沿途農民踴躍參軍。一些不得志的知識分子也加入到起義隊伍中，如晚唐著名詩人皮日休。

八八〇年底，黃巢義軍攻下洛陽的第二年年初，前鋒部隊直逼潼關。潼關是進入關中平原的唯一關卡，易守難攻，戰略地位極重要。但是，守關部隊與義軍一接觸便全線潰敗，長安暴露在義軍面前。

在義軍占領潼關後，唐僖宗嚇得逃出長安，日夜不停地逃向四川。不久，黃巢義軍開進了長安，建國號為「大齊」，黃巢當上了皇帝。

即位後，黃巢命令原來唐朝三品以上的官員全部免職，四品以下的照舊錄用。農民軍將領都當上了大官，而唐朝高官則死的死，逃的逃，所剩無幾。當時的詩人韋莊在〈秦婦吟〉中哀嘆「內庫燒為錦繡灰，天街踏盡公卿骨」。

登上帝位後，黃巢犯下了一系列戰略錯誤，給唐王朝以可乘之機。唐軍很快就反撲回來，將長安包圍。城裡的糧食漸漸吃光了，手下大將朱溫又投降了唐軍，黃巢被迫率軍退出長安東走，卻連遭追兵掩殺。退到泰山狼虎谷（今山東省萊蕪境內）時，周圍兵將已所剩無幾了，唐兵又窮追不捨，黃巢兵敗自殺。歷時十載、眾至百萬的農民大起義也就此失敗了。

黃巢雖已敗亡，但他的詩作卻保存下來一些。詩如其人，他的詩表現了他一貫的叛逆精神和鬥爭精神。他的幾首吟菊花詩則是其中的佼佼者。

黃巢青年時代曾寄希望於科舉入仕，但卻屢試不第，在又一次名落孫山後，他憤而作〈菊花〉詩：

待到秋來九月八，我花開後百花殺。
沖天香陣透長安，滿城盡帶黃金甲。

九九重陽日登高賞菊是古代中國人相沿已久的風俗，「待到來年九月八」也就是等到來年菊花節那一天，而作者要「待」的來年重陽日其實是推倒唐王朝的扭轉乾坤之日。作者對這一天的到來是熱情地期待著的，而且又是充滿自信的。因為正如冬去春來一樣，腐朽的唐王朝不可能永存萬古，它必有被推翻的那一天。

「待到」來年重陽日後，則是「我花開後百花殺」。菊花在秋天開放，而此時一般花卉則已凋零。這並沒有什麼出奇之處，奇在黃巢用一個「殺」字來形容百花的凋落，當菊花傲霜盛開時，百花卻已凋零。以「我花」稱菊花，含有一種深層的意味。這裡的菊花是黃巢自喻，菊花以黃色最常見，而作者還姓黃，這樣便把自己的志趣很巧妙地嵌在詩意中；因而，「我花開後百花殺」便有兩種意味：一是說菊花（即「我」）開放時你們這些俗花（指各級統治者）必然已經凋零，二是說「我花」開時必然全部殺滅你們「百花」！

後兩句則極力描寫菊花開放的壯麗景象——「沖天香陣透長安，滿城盡帶黃金甲。」那時開放的將不止我一株菊花，而是一望無際的黃色菊花，如列陣一樣，香氣充滿長安城。「滿城盡帶黃金甲」則用比喻手法，以菊花花瓣比擬戰士穿的黃金鎧甲。這裡，菊花已不僅僅是一個黃巢的象徵了，而是黃巢率領的無數農民軍的象徵。作者想像來年重陽菊花節時，自己將率領千千萬萬的部隊來佔領長安，掃蕩一切黑暗醜惡現象，讓正義的奇香「沖天」、「透」遍全長安。

自從東晉陶淵明以來，人們一提到菊花，總是情不自禁地想到歸隱田園的有操守的隱士。而黃巢卻石破天驚地首次以菊花隱喻自己和農民軍，並賦予它「衝」、「透」的戰鬥風貌，實在是自出新意於法度之中，寄其妙理於豪放之外。

黃巢的另一首吟菊之作同樣膾炙人口，詩名為〈題菊花〉：

颯颯西風滿院栽，蕊寒香冷蝶難來。
他年我若為青帝，報與桃花一處開。

這又是黃巢的一首託物言志之作。一般文士吟菊，不是讚美它的淡雅馨香，便是讚嘆其孤高傲霜。但黃巢吟菊則另闢蹊徑，在颯颯秋風中盛開，季節太冷了些，沒有蝴蝶是美中不足的憾事。詩人就此突發奇想：如果有一天讓我做花神說了算，我一定安排菊花和桃花一起在春天開放。

黃巢是個有著叛逆性格的造反者，他從叛逆者的獨特視角來觀賞菊花，體悟自然與別人不同。可以說，黃巢的詩也和作者一樣，浸透了造反的意味。

一枕黃粱夢，傳奇〈枕中記〉

沈既濟（七五〇—八〇〇年），蘇州吳（今江蘇吳縣）人。通經史，又善作小說。代宗大曆年間為協律郎。七七九年，上選舉議，有感於當時的科舉制度，遂上書，建議選拔德才兼備、具有真才實學的有識有志之士。德宗建中初年，因宰相楊炎大力舉薦，任左拾遺、史館修撰。沈既濟充分發揮了史學方面的才能，為唐王朝的統治起到了積極的推動作用。後因與楊炎有牽連曾被貶，後來又調到京城，官至禮部員外郎，著有《建中實錄》十卷。

沈既濟歷經官場，耳聞目睹了官場的黑暗、社會求功求名成風的現實。「中進士，娶名門之女」成為人們夢寐以求的理想，但是宦海浮沉，暗礁橫生，又有幾人能實現理想？到頭來只能是夢一場。沈既濟根據這一社會現狀，又受干寶的《搜神記·楊林》和劉義慶的《幽明錄·焦湖廟祝》的啟發，創作了〈枕中記〉這部傳奇小說。

開元七年，唐正處盛世。有一個出身庶族寒門的落魄文人盧生，在旅店裡巧遇去邯鄲的道士呂翁，與其「共席而坐，言笑殊暢」。天色漸晚，店主人開始蒸上黃米飯。

言談間，盧生無意中看見道士穿著粗陋的衣服，頓生感慨，禁不住長吁短嘆道：「大丈夫生不逢時，以致窮困潦倒到了這種地步啊！」呂翁看看盧生，奇怪地問道：「看你並無苦與病，我們正談到盡興處，為何感嘆起窮困呢？」於是，盧生向這個「得仙術」的道士訴說自己求功名利祿而不得的苦惱。道士遂給他一個青瓷枕，兩端各有一個小孔，盧生接過枕頭便昏昏入睡了。入睡前的盧生，自認為是苟且偷生，活著沒意義，根本無樂趣可言。男子漢生活在世上，當建功立業，追求「出將入相，列鼎而食，選聲而聽，使族益昌而家益肥」的生活。盧生帶著這種渴求依枕入夢了。枕頭彷彿被人施了魔法一般，兩頭的小孔逐漸變大。盧生不由自主地入洞，彷彿到了自己的家一樣。從此，他心想事成，在現實中苦求不得的理想，在夢中如願以償。先娶清河名門大族崔氏女，「女容甚麗，生資愈厚」；再金榜題名，中進士，此後官運亨通，扶搖直上。書中詳細描繪了盧生的「升官圖」，由祕書省校書郎升至渭南縣尉，不久又受提拔，任監察御史，轉而又被任命為起居舍人（主管記載皇帝言行、編撰起居注）、知制誥；三年後，出任同州地方長官又遷任陝州軍政長官。他在陝州開鑿河道八十餘里，得到人民的擁戴，又「移節汴州（今河南省開封市），領河南道採訪史，徵為京兆尹」。這一年，皇帝率兵北侵，擴疆拓土，提拔盧生擔任御史中丞、河西道節度使。盧生不負眾望，大舉殲滅敵兵，開地九百里，築城三座以抵禦外來入侵。凱旋回朝，盧生又顯赫一時，升為吏部侍郎，轉而遷升為戶部尚書兼御史大夫。有人言：「平生有三恨：終不以進士擢第，不娶王姓女，不得修國史。」這便是以盧生為代表的知識分子們藉聯姻以達政治目的，熱衷功名、利慾薰心的有力寫照。盧生的仕途也並不如想像中順利，官場相軋的悲劇無情地罩在盧生的頭上。當朝宰相見盧生如魚得水般官運亨通、威赫顯耀，頓生嫉妒之心，流言蜚語、惡語中傷令盧生瞠目結舌，更無辯白的機會可言。皇帝聽信讒言，盧生遭貶為端州刺史。三年後，又受器重，進京做宰相，有「賢相」的美名。天有不測風雲，「同列害之，復誣與邊將交結，所圖不軌」。險些喪命於獄中，幸為宦官搭救，免滅頂之災。幾年後，皇帝得知其被冤枉，「復追為中書令，封燕國公，恩旨殊異」。生有五子，皆成才，居高位，「其姻媾皆天下望族」。盧生生活奢侈放蕩，「後庭聲色，皆第一綺麗」。「前後賜良田、甲第、佳人、名馬、不可勝數。」生老病死是人人也避免不了的自然規律，盧生亦一年年地衰老，於是多次奏疏皇帝請求告老辭官。皇帝下詔書安撫他，接詔的當天夜裡，盧生撒手歸西。而現實中的盧生卻打了個呵欠，伸了個懶腰睡醒了。他發現自己還躺在客店裡，呂翁還坐在他身旁，店主人蒸的黃米飯還沒熟呢。是夢非夢？盧生疑惑了。呂翁感慨道：

「人生的適意愉快只不過如此啊！」

生死百年一夢間，沈既濟以現實為依托，淋漓盡致地揭示了唐玄宗時期的社會生活。作者運用奇特的想像，巧妙的構思，同時藉助現實生活這塊沃土有力地揭露了官場爭鬥、聲色犬馬的腐朽生活。海市蜃樓，美則美矣，卻不能瞬間化成永恆，也不能成為真實。夢中的富，夢中的利揮手即去，召手即來，真是夢裡雲煙。〈枕中記〉藉盧生的黃粱一夢，諷刺了那些捨棄本性而追求功名的士子們。

古今最是夢難留，
一枕黃粱醒即休。

——清・袁枚〈夢〉

唐代著名愛情傳奇：〈柳毅傳〉

〈柳毅傳〉是唐代傳奇中的一篇優秀作品，原載於宋朝李昉所編的《太平廣記》，題作〈柳毅〉，無「傳」字。後來，魯迅在《唐宋傳奇集》中開始為其增加了「傳」字，現在一般都叫做〈柳毅傳〉。作者是李朝威，大約是貞元、元和年間人，生卒年不詳，生平也無可考，只知道是隴西（今屬甘肅）人。

〈柳毅傳〉描述的是一個見義勇為的書生柳毅與落難的龍女相遇相愛並終成眷屬的愛情故事。作者通過人物的語言、行動的描寫，深入細緻地刻畫了生動鮮明的藝術形象，通過奇特的想像把讀者帶入了龍宮的仙境，堪稱為一篇頗具浪漫主義色彩的愛情傳奇故事。

唐代儀鳳年間，有個書生名叫柳毅，參加科舉考試未中，就想回到湘江岸邊的故鄉。在去涇陽辭別一位同鄉的途中，他看見有一位漂亮的女人在路邊放羊。柳毅覺得很奇怪，因為這女子面帶愁容，眉頭緊皺，穿著一身破舊的衣服呆呆地站在那裡，好像在等待著什麼。柳毅忙關心地上前去詢問，這才知道她原來是洞庭龍王的小女兒，由父母做主將她許配給涇川龍王的二公子為妻，受到丈夫的厭棄和公婆的虐待，才弄到了被罰牧羊的地步。龍女傷心地哭泣著，想請柳毅替她捎封信給她的父母。柳毅聽罷，「氣血俱動，恨無毛羽，不能奮飛」。他當即慨然允諾，保證一定能夠送到。

柳毅回到了家鄉，馬上就去洞庭湖拜訪。他按照龍女教給他的方法叩開了龍宮的大門，一名武士帶著他來到了靈虛殿。只見柱子是用白玉琢成的，台階是用青玉鋪砌的，簾子是用水晶做的，翠玉的門楣上還鑲嵌著琉璃，屋梁上還用琥珀裝飾著，柳毅覺得人間所有的珍寶全都在這裡了。一會兒工夫，洞庭君出來見他，柳毅便把龍女託書的經過講了一遍，並把龍女的書信遞給了洞庭君。頓時，宮裡宮外的人都為龍女的不幸遭遇掉下了眼淚。突然，一聲巨響，一條長達千餘尺的赤龍飛出了宮外，嚇得柳毅撲倒在地。洞庭君親自扶起他，告訴他：「不要害怕，那是我的弟弟錢塘君，他一會兒回來時就不會是這樣了。」於是，洞庭君吩咐擺開宴席，答謝柳毅。

就在飲酒期間，柳毅看到彩雲飄繞，無數身穿豔裝的侍女，歡聲笑語地簇擁著一個人，天姿秀色，原來是龍女被他的叔父錢塘君救回來了。錢塘君非常感謝柳毅的仗義守信，他說：「對於您的恩德真是難以用語言來表達啊！」就這樣，他們便留柳毅住在了龍宮。柳毅住了兩個晚上，因想念家中的父親，執意要回家去。錢塘君深感柳毅的大義，要把龍女嫁給他，但因言語傲慢，被柳毅義正詞嚴地拒絕了。臨別時，龍女對柳毅表現出了依依不捨之情。

柳毅回到家裡後，把在龍宮裡人們送給他的珍寶賣掉一些，成了富翁，先後娶了兩個妻子，都不幸病故了。後來，他搬到金陵去住，又有媒人給他介紹了一個盧氏姑娘，他覺得盧氏很像龍女，便和她談起了以前的事情，可是被盧氏否認了。一年以後，盧氏生了一個兒子，孩子滿月後，盧氏才和柳毅談起從前的事。原來，她真的是龍女。柳毅在龍宮裡拒絕親事以後，洞庭君主張要把龍女再許配給濯錦江龍王的小兒子，龍女堅決不從，心意已定，便閉門剪掉了頭髮以表決心。碰巧柳毅的兩位妻子先後過世，才使得龍女有機會變成盧氏和柳毅成了親。她說：「如今我能夠和您在一起，相親相愛過一輩子，就是死了也沒有什麼遺憾了。」

從此，他們相親相愛地開始了幸福美滿的生活。後來，柳毅在龍女的幫助下也成了神仙。

這篇充滿了奇異幻想的傳奇故事，正是憑著作者那豐富的想像力和離奇曲折的故事情節而為人們所喜愛，曾幾度被改編成劇本在民間廣為流傳，它那無窮的藝術魅力深深地吸引著我們。

南柯一夢：警醒夢中世人

李公佐（七七〇—八五〇年），字顓蒙，郡望隴西（今甘肅）人。中進士後參與政治，曾任淮南從事、錄事參軍等職。後因牛李黨爭受牽連被削官職。這個仕途上不得意，卻喜歡徵集奇聞怪事的一介書生，感慨著官場相軋、藩鎮割據，於是將一腔愁憤傾注於筆端，寫成了〈南柯太守傳〉。

揚州有一個不拘小節的遊俠之士叫淳于棼，他嗜酒如命，因發酒瘋觸犯上司而被罷免官職。他常與友人在宅南大古槐樹下豪飲。一天，他酒醉致疾，友人扶他回屋休息。昏昏沉沉之中，他感覺有兩位紫衣使者奉王命邀他去大槐安國，於是便整衣下床，跟隨紫衣使者進入古槐樹的洞穴。車驅入洞穴後，真是別有洞天。山川草木，人情風俗與平日所見所感大相逕庭。淳于棼從國王口中得知其父與大槐安國的國王有過媒妁之言，他便順理成章地成為槐安國的駙馬。後來，淳于棼攜其妻即國王二女兒金枝公主，到南柯郡任太守。他婚姻美滿，生有五男二女，仕途得意，榮耀顯赫盛極一時。不久因戰亂動盪，公主病死，讒言四起，遂在國王面前失寵，被遣送返鄉。一路陪同的兩位紫衣使者，便是相邀時的那兩位。車子駛出洞穴，淳于棼又見家鄉舊景，不覺潸然涕下。此刻他看見自己的身體在東廂房躺著時，不禁萬分恐慌，「不敢前進」。兩位使者連喊數聲他的名字後，方感覺大夢初醒。他睜開惺忪的雙眼，見僮僕正在掃地，兩位朋友則正在洗腳，一抹斜陽還殘留在西牆，喝剩了的酒還在東窗下面。夢中的景象倏地消逝無蹤，彷彿度過了一生。

這個故事從現實生活契入夢境，脈絡清晰，託意顯豁。故事開篇點明了主人公淳于棼的特殊身份：「吳、楚遊俠之士。」好喝酒，「不守細行」，「因使酒忤帥，斥逐落魄，縱誕飲酒為事」。後自然引出宅南「清陰數畝」的大古槐，夢便由這裡開始了。入夢後，有雕欄玉砌的庭院，富麗堂皇、威武莊嚴的殿堂，前簇後擁的紫衣侍衛，「風態妖麗，言詞巧豔」的女眷，公主在世時的顯赫地位，和諧幸福的聯姻無一不是在現實中百般求索的最理想的生活。戰亂未平，公主病死，地位的轉變以至返鄉又無一不是現實生活的寫照。淳于棼被招贅為駙馬，酒友周弁與田子華也因裙帶關係被封官加爵，這正是對當時政治的極大諷刺。

夢醒後，淳于棼把夢中的奇遇告訴了兩位朋友。朋友也頗覺驚奇，便和他一起到大古槐樹下的洞穴裡探究根源。洞穴裡寬敞明淨，洞底有十幾隻螞蟻守衛著兩隻大螞蟻，群蟻不敢靠近，這便是夢中的京城。他們又挖通了另一個洞穴，也有土城小樓，裡面住著一群螞蟻，這便是夢中的南柯郡了。他們又看見一個洞穴，中間有高餘尺的小土坡，這便是夢中公主的葬身處。淳于棼觸景生情，這一草一木怎能不牽扯他的思緒，畢竟他在這裡「生活過」，這裡有他甜蜜的聯姻，顯耀的地位，也有公主死後的悲傷和流言的中傷……是夢是幻？面對著這坑坑窪窪，又不忍心讓友人破壞，遂掩蓋如初。這天晚上，突來暴風驟雨。天亮後，再來重溫舊夢，發現洞已被雨水沖毀，裡面的螞蟻也了無影蹤。淳于棼回憶起夢中經歷的戰亂，有人預言京城要遷移，果真在夢醒後應驗。朦朧中，他又憶起有個檀夢國的地方，便同友人一起探尋。在宅東發現了一棵大檀樹，樹邊也有一個小洞穴，這裡便是夢中侵犯大槐安國的檀夢國了。淳于棼念及區區螞蟻就有這麼多的怪事，何況深山中的禽獸呢？頓時感慨萬千，這不也是社會現實活生生的寫照嗎？國家宦官掌握禁軍，權傾朝野，藩鎮割據，各霸一方，致使外患有機可乘。而勢力小人一旦得勢，便魚肉人民，搜刮錢財，又在官場上明爭暗鬥，這是夢嗎？淳于棼不得不仰天長嘆。忽而又想起兩位酒友周弁與田子華。在夢裡，他們因他這個大駙馬的關係而受提拔，不知現在怎樣了，便差人去打聽看望。不料周弁得急病而死，田子華也臥病在床。淳于棼得知後，更加感慨，對人生恍然有悟，於是傾心道家，禁色戒酒，於修度中了卻一生，死時僅四十七歲。作品最後濃墨重彩，著力寫尋夢，夢境與現實相契合，點明主旨，極大地諷刺了當時黑暗腐朽的政治生活。

李公佐於貞元十八年秋八月在淮河邊偶遇淳于棼的兒子，向其打聽其父夢中所遇怪事。再三考證後判斷這件事確屬事實，於是揮筆而就〈南柯太守傳〉，告誡那些沒有才能而浮現宦海的人，所謂榮華富貴只是偶然間做了「南柯一夢」而已。

人生如場夢，如泡沫聚成的夢境，頃刻間被吹散。作品結尾這樣寫道：

前華州參軍李肇贊曰：貴極祿位，權傾國都；達人視此，蟻聚何殊。

魯迅先生對此結尾大加讚賞，他在《中國小說史略》中說道：「篇末命僕發穴，以究根源，乃見蟻聚，悉符前夢，則假實證幻，餘韻悠然。」

風塵女子演繹人間真情

李娃是唐代傳奇〈李娃傳〉中的主人公。〈李娃傳〉講述了一個十分動人的愛情故事。

唐天寶年間，常州刺史滎陽公的兒子、富家之子鄭生正是二十上下的翩翩佳公子。滎陽公對這位俊朗有才華的兒子非常器重，說「這是我家的千里駒啊！」這年，鄭生要進京趕考，父親為他準備了豐厚的盤纏，鄭生躊躇滿志地來到了京城。

在京城，一天，鄭生於訪友途中路過一家宅院，看到門口立著一位美女，丰姿曼妙，絕代未有。鄭生乍一見她，不覺就停下馬來，徘徊不願前去。於是假裝馬鞭掉地，等候隨從上來替他揀馬鞭。在這等候的片刻功夫裡，鄭生一個勁兒拿眼瞟那美女。美女也注意到他，眼眸之中大有情意。鄭生因不知如何措辭而離去。自此，鄭生就若有所失，對那女子不能忘懷。經打聽得知美女名叫李娃，是位娼女。

又一天，鄭生來到李娃家門前，佯問：「這是誰家的房子？」開門的丫環一見鄭生，也不答話，轉身就往回跑，一邊跑一邊大聲嚷嚷：「是前日掉馬鞭的那位公子！」李娃高興地命丫環先行接待，她要好好打扮一下再見公子。鄭生一聽，暗自高興。在院裡，李母把他引到客廳。不久，李娃出來了，明眸皓腕，舉步豔冶。鄭生驚豔而起，不敢仰視。當晚，鄭生就留宿李娃家。只剩兩人一室，鄭生向李娃傾訴衷腸：「前日偶從你家門口經過，看到你在門口，從那以後，我心中就經常思念你，即使吃飯睡覺，也沒有一刻能忘記你。」李娃笑了，說：「我心裡也和你一樣。」次日，鄭生便把行李搬到李娃家，二人開始同居生活。青樓妓館是個填不滿的無底洞，沒過多久，鄭生把錢財揮霍一空，到後來，他將乘坐的車駕、隨身的家僮也賣掉了。一年不到，鄭生就成了一文不名的窮光蛋。漸漸地，李母對鄭生的態度越來越冷淡，雖然李娃對鄭生情深意篤，但是該發生的還是發生了。

一天，李娃對鄭生說：「和你相知一年多，也沒給你懷個孩子。聽說竹林神很靈驗，我們去拜一拜，求神靈保佑，好嗎？」鄭生不知是計，高興地把衣服當了換錢買祭品，二人前去禱祝一番，又在廟裡住了一宿才往回返。歸途中，李娃說要去姨媽家拜訪一下，鄭生自然依從。到姨媽家坐不多久，一人飛馬來報李母暴病，李娃急匆匆地先走了，鄭生被姨媽留下商議喪葬諸事。可是到了傍晚，李娃那邊還沒有消息。姨媽打發鄭生先去察看一下，她隨後便到。鄭生到舊宅，人去屋空，次日返回姨媽家，也是空院一所，原來兩處院落俱是她們租借的。李娃、李母、姨媽忽地一下全都消失了。鄭生被他們用「倒宅計」拋棄了。是啊，她們怎麼會容納一個窮公子哥呢？儘管這位公子的錢都進了她們（主要是鴇母）的腰包，但失去了金錢，鄭生也就失去了她們所需要的價值，金盡情疏本就是娼門慣例，李娃對鄭生再有情，她也是沒有人身自由的娼女，不能不順從鴇母李母的安排，只是可憐了鄭生。

從未受過如此打擊的鄭生惶惑發狂、不知所措，他絕食，他生病。病得快不行時，他流落到了兇肆（專售喪葬用品並為喪家辦理殯儀葬禮的店）。在那裡，他得到了照顧，病好後慢慢地學會了唱哀歌。鄭生本就聰明絕頂，又親歷過一番人生的大憂大悲，哀歌唱得別提有多感人，滿長安城裡找不到第二個。這樣，堂堂刺史的兒子就做了一名唱哀歌的輓郎。一次，鄭生當街唱歌，恰被他家僕人看到，把他帶到當時正在京城的滎陽公面前。滎陽公沒想到他寄予厚望的兒子竟墮落到唱哀歌的地步！真是有辱家門，震怒之下，竟用馬鞭把親生兒子打得昏死過去。幸虧鄭生在兇肆中的朋友要用席子把他捲上埋葬時，發現他心頭微熱，就把他帶回店中救活。可過了一個多月，鄭生的手腳還不能動，身上鞭撻處也潰爛得汙穢不堪，同伴都嫌棄他。有天晚上，他們把鄭生棄在道邊。此後，靠路人施捨剩飯苟活下來的鄭生連挽郎也做不成，只好穿破衣、拿破盆以乞討為生。從富到窮，從公子到乞丐，鄭生的遭遇真是好淒慘！這一切又都是那位美麗的娼女李娃所賜，她要是看到鄭生這副慘相，又會作何想法呢？

冬季的一天，鄭生冒雪出來乞食，淒苦的求告聲讓人聽了不忍心。不想鄭生竟走到李娃家門前。李娃在房中聽到聲音對丫環說：「這一定是鄭生，我聽是他的聲音。」她緊走幾步，出門一看，見鄭生骨瘦如柴，生著疥癩瘡，頭髮也脫落了，幾乎沒有個人形。李娃十分意外，「你不是鄭郎嗎？」鄭生沒想到竟是李娃，一時氣往上湧，身往下倒，口不能言，只微微點頭。李娃上前抱住鄭生，把他擁入房中，失聲慟哭，自責害得鄭生如此淒慘。李母聞聲趕來，見是鄭生，還要趕他走。李娃堅決不允，還自贖自身，和鄭生另覓住處。她要向鄭生贖罪。

從此，李娃一心一意照料鄭生，給他沐浴更衣，改善飲食，調劑身體。用了一年的時間鄭生的身體才康復如初。然後，二人又到書舖選書，滿載而歸。鄭生排除一切干擾，夜以繼日，勤奮學習。李娃也常常陪讀，到半夜才休息。兩年時間，鄭生把該讀的書都讀遍了，對李娃說：「我可以參加考試看看我學得怎樣了。」李娃認為還要再精熟些，好迎接以後多次考試。又過了一年，李娃覺得可以了。果然，鄭生一考就登甲科，在禮部一舉出名，許多人都想結識他。這時，李娃又勸他還應該深入鑽研學問，以求再傳捷報，爭霸群英。鄭生聽從李娃的話，終於在大比之年狀元及第，授官成都府參軍。鄭生到底從跌倒處站了起來，實現了他當年赴京時的夢想。這一切又與李娃對他的扶助緊密相關。

李娃全心全意地愛著鄭生，時時處處為鄭生著想，愛的力量蕩滌著這位雖是娼女出身卻有著崇高品質的不平凡的女性。因為愛，她拯救瀕於死亡的情人，幫助他成就學業；因為愛，她忍痛做出巨大犧牲，放棄與心上人雙宿雙飛的理想生活，在鄭生即將赴任時，主動提出分手，請鄭生另娶名門閨秀，不讓自己的娼女出身妨礙鄭生的前途。這是可惡的門閥制度在她與刺史之子、當朝狀元的鄭生之間設下的障礙，李娃在鄭生的懇求下送他到劍門。在這裡，鄭生遇到了父親滎陽公，父子相認，在滎陽公的主持下，鄭生明媒正娶李娃為妻。

婚後，李娃謹守婦道，治家嚴整，受到親眷好評。幾年後，鄭生父母去世，孝道感天。有罕見的一穗三花的靈芝長在守孝的草房上，又有幾十隻吉祥的白燕在草房屋脊築巢。皇帝得知這些祥瑞，更加重視鄭生。守孝期滿後，鄭生數次升任高官，十年間管轄數郡。李娃被封為汧國夫人，四個兒子也都做了大官，一門顯貴，無人能比。從娼女到夫人，李娃和鄭生的愛情得到了完滿的結局。

〈李娃傳〉又名〈汧國夫人傳〉，作者白行簡，字知退，祖籍太原（今山西太原），後遷居下邽（今陝西渭南）。他是唐代著名詩人、新樂府運動的領袖白居易的弟弟。《舊唐書・白行簡傳》中說他有文集二十卷，「文筆有兄風，辭賦尤稱精密，文士皆師法之」。〈李娃傳〉是唐傳奇代表作之一，它成功地塑造了李娃這樣一位美麗而又崇高的風塵女子形象。李娃的故事後來被多次改編為劇本和話本，現存的有元代石君寶的〈李亞仙詩酒曲江池〉雜劇、明代薛近兗的〈繡襦記〉傳奇和明刻本〈鄭元和〉小說等。

才子佳人小說〈鶯鶯傳〉

〈鶯鶯傳〉是唐人元稹所撰的一篇傳奇小說。這篇小說就文本來說，它引了一封長篇幅的鶯鶯給張生的書信，又加入了楊巨源和元稹的詩，因而有「文體不純」之譏。然而，這篇小說，無論在當時，還是在後世，都頗受讀者喜愛。想來，一方面是因為作者是當時的著名詩人，影響頗大；另一方面則是因為它是董解元〈西廂記〉和王實甫〈西廂記〉的本源。不過要論說〈鶯鶯傳〉在小說發展史上的真正價值，則在於它是唐傳奇中第一篇擺脫人神戀愛和士人妓女戀愛而描寫才子佳人戀愛的小說，它把古代愛情小說推向了一個嶄新的階段。

關於這篇傳奇小說，如果揚棄那些沖淡敘事情節的成分，還是頗為生動的。

唐德宗貞元年間，有一個叫張生的人，性情溫和，姿貌豐美，為人忠厚，非禮勿動，年已二十有三，還未嘗接近女色。當時張生遊於蒲州，寄寓在普救寺中。恰巧有一姓崔的孀婦，攜一子一女將歸長安，路經蒲州，也暫住於普救寺中。張生與崔氏敘其親，始知崔氏原是張生的遠房姨母。就在這一年，絳州節度使渾瑊死了，朝廷派了一個宦官來監管軍隊。因為這個宦官不懂治軍之法，使軍人怨恨，所以軍隊發生了騷亂，殃及蒲州百姓。崔氏本一方大戶，家資豐厚，兵亂中驚恐萬狀，不知所託，而張生與軍中將領相善，請軍中將領派小吏保護崔氏一家，避免了崔氏遭受劫難。十餘日後，朝廷派廉使杜確來治軍，騷亂才平息下來。由此，崔氏特別感謝張生的恩德，特意於中堂設宴，酬謝張生。席間，崔氏令其子女出席，以謝張生救命大恩。久之，其女方出，只見她：

常服睟容，不加新飾，垂環接黛，雙臉銷紅而已。顏色豔異，光輝動人。

張生見之，驚其美色。問其名，喚鶯鶯，問其年，方十七歲。席間，張生一反不近女色之常態，主動與鶯鶯搭話，而鶯鶯凝睇怨絕，依母而坐，終席不答一語。

自此，張生便喜歡上了鶯鶯，想向她表達愛慕之情，可苦於沒有機會。鶯鶯有一使女，名叫紅娘。於是張生便想方設法接近紅娘，並多次暗中送給紅娘禮物，意欲請紅娘向鶯鶯轉告自己的愛慕之情。紅娘知鶯鶯素守貞節，舉動謹慎，不敢傳情，然又有玉成之心，便告訴張生，鶯鶯喜詩文，常常沉吟作詩，可以用詩歌傳情表意。張生大喜，當即寫了二首〈春詞〉，托紅娘轉給鶯鶯。這天晚上，紅娘送來了鶯鶯的回箋，箋上是一首五言絕句，題為〈明月三五夜〉，詩云：

待月西廂下，迎風戶半開。
拂牆花影動，疑是玉人來。

張生讀罷，會悟其意。第二天，恰是十五月明之日，於是張生攀緣牆邊的一株杏樹翻入西廂，觀鶯鶯之門正是半開半掩，心中頗喜且駭，以為美事可成。不想，事情卻與他想像的不同：

及崔至，則端服嚴容，大數張曰：「兄之恩，活我之家，厚矣。是以慈母以弱子幼女見託。奈何因不令之婢，致淫逸之詞？始以護人之亂為義，而終掠亂以求之，是以亂易亂，其去幾何？誠欲寢其詞，則保人之奸，不義；明之於母，則背人之惠，不祥；將寄於婢僕，又懼不得發其真誠：是用托短章，願自陳啟。猶懼兄之見難，是用鄙靡之詞，以求其必至。非禮之動，能不愧心？特願以禮自持，毋及於亂！」言畢，翻然而逝。

張生被斥，亦感自失，於是絕望。萬沒想到，幾天之後，紅娘擁鶯鶯突至，竟以身相許。

至，則嬌羞融洽，力不能運支體，曩時端莊，不復同矣。是夕，旬有八日也。斜月晶瑩，幽輝半床。張生飄飄然，且疑神仙之徒，不謂從人間至矣。

從此，兩情相悅，張生朝隱而出，暮隱而入，同安於西廂，幽會累月。後張生進京趕考，名落孫山，遂止於長安。張生曾寫信給鶯鶯，鶯鶯亦有回信，張生將鶯鶯的信給朋友看了，事情便流傳出去。朋友們皆以為二人之事是傳奇佳話，而張生卻對鶯鶯情斷意絕，以為鶯鶯「尤物也，不妖其身，必妖於人」。越歲餘，鶯鶯出嫁他人，張生亦別娶妻。一次，張生去鶯鶯家拜訪，鶯鶯終不出見。唯有一詩述怨：

棄置今何道，當時且自親。
還將舊來意，憐取眼前人。

自此，再不知鶯鶯後事。時人以為張生「始亂之，終棄之」的行為是「善補過」的義舉。

陪皇帝鬥雞的「雞童」賈昌

鬥雞，自古在我國是一項很受歡迎的娛樂活動，在民間廣為流行，以至受到歷代君王的喜愛。戰國時期，《莊子》中就記載了齊國國王請紀渻子訓練鬥雞的事。三國時期也有不少帝王喜歡看鬥雞。文學家曹植用詩《鬥雞篇》反映了這個事實：「鬥雞東郊道，走馬長楸間。」到了唐代更有過之而無不及。當時的娛樂活動很多，諸如舞馬、馴象、蹋球等，但諸多帝王對鬥雞情有獨鍾，就是不喜歡這種娛樂的皇帝也對這種既成的傳統無可奈何。一時間民間鬥雞的風氣也興盛起來。這種熱鬧的現實生活必然反映到當時的文學中來。初唐杜淹就曾寫詩，以形象、生動的語言描繪了這種現象：

寒食東郊道，揚鞲競出籠。
花冠初照日，芥羽正生風。
顧敵知心勇，先鳴覺氣雄。
長翅頻掃陣，利爪屢通中。
飛毛遍綠野，灑血漬芳叢。
雖然百戰勝，會自不論功。

——〈詠寒食鬥雞應秦王教〉

到了唐玄宗時期，皇帝不但頻頻光顧鬥雞場，而且大力提倡訓練鬥雞，還在皇宮附近專門設立雞場，選盡長安所有良雞千隻，縛於籠中。又精心擇選五百小兒，即餵養、馴雞的人，人稱「五坊小兒」。他們專侍養雞、馴雞，以供王宮鬥雞之用。於是鬥雞風大盛，上至王公貴族，下至黎民百姓，無不以此為榮，以此為樂。全國上下，街頭巷尾，皆聞雞聲。宋之問的詩〈長安路〉「日晚鬥雞場，經過狹斜看」極其逼真地再現了當時長安街頭鬥雞的熱鬧場面。老百姓不惜傾家蕩產購雞爭榮，竭盡所有精力。詩人李白對此十分感慨，他在〈一百四十年〉詩中寫道：

一百四十年，國容何赫然！
隱隱五鳳樓，峨峨橫三川。
王侯像星月，賓客如雲煙。
鬥雞金宮裡，蹴鞠瑤台邊。
舉動搖白日，指揮回青天。
當塗何翕忽，失路長棄捐。
獨有揚執戟，閉關草《太玄》。

王宮中鬥雞更是熱鬧非凡，鬥雞奴出盡了風頭。其中有一個鬥雞的神童賈昌，人稱「神雞童」。

由於皇帝喜歡鬥雞，那麼為皇帝鬥雞的人也一步登天。許多人家不惜一切代價，使銀子，走門子，將自己的孩子送往宮中，其情形不亞於競爭選妃。但只有善於鬥雞的人才有可能入選。賈昌就是其中一個。

賈昌入玄宗皇帝的眼，不是因為他的父親賈宗為宮中衛士這層關係，主要是他有馴雞的天賦。他天生聰明，動作敏捷，七歲就能攀緣附柱，尤其是他有一套別人不具備的本領：善解鳥語，似乎這與他善於捕捉雞的特點有密切關係。更巧的是，他也喜歡雞。但是賈昌家境貧寒，京城的雞價因鬥雞的緣故被抬得很高，一般人家買不起。賈昌只得刻木雞玩。聰明的他把木雞玩得如同真雞。這個場面恰好為玄宗看到，他幾乎被賈昌精湛的技藝驚呆了，忙令其入宮為他養雞、馴雞，這個角色和環境使賈昌的才能得到充分發揮，他一心只在雞上，神不外騖地不斷對雞進行研究。不久便對雞的習性瞭如指掌，尤其能使雞聽從他的號令。他手持一鞭，隨著鞭子的指揮，雞立即振翅舞鬥；勝負一分，眾雞又排好隊，勝者在前，負者在後，緊緊尾隨賈昌回雞場。真是神奇無比！單憑這一手絕活，唐玄宗當時便封他為五坊小兒長，統領五百雞奴與數千隻雞。其威風盛極一時。他的家人和親屬也跟著借光，時常受到皇帝的恩賜。賈昌十二歲時，有一次隨皇帝到泰山進行封禪大典，這時他的父親死於泰山，玄宗立即准他扶靈柩歸葬，還下旨令沿途州縣的官員派人護送。單就這一件事，就可以看到賈昌當時的榮耀地位，真是一人得道，雞犬升天。開元十四年，他便身穿鬥雞服，率雞群，在驪山溫泉宮為玄宗表演取樂，由此得名「神雞童」，那一年他剛好十三歲。

在封建專制時代裡，得到皇帝的賞識和重用，就意味著擺脫了貧困和普通，進入了上層社會。當時人們對賈昌因鬥雞而光宗耀祖一事十分感慨，於是就編了一首〈神雞童謠〉：

生兒不用識文字，鬥雞走馬勝讀書。
賈家小兒年十三，富貴榮華代不如。
能令金距期勝負，白羅繡衫隨軟輿。
父死長安千里外，差夫持道挽喪車。

非但如此，在賈昌二十二歲那年，玄宗還不忘他的婚姻大事，將楊貴妃喜愛的梨園弟子潘大同的女兒婚配給他。當時世人豔羡不已，一時傳為佳話。

雖然賈昌在皇帝眼裡是紅人，受寵備至，但他本人並沒有以此炫耀與賣弄，藉此地位胡作非為，這也是他得到皇帝和貴妃恩寵有加的重要因素。當時宮中的五坊小兒，仗皇帝的權勢在外欺詐勒索，橫行霸道，不但到處吃、拿、搶、奪，達不到目的，還出壞點子、下絆子，逼人送禮送錢，對一般官員也是愛答不理。老百姓對其咬牙切齒，但也無計可施，一般官員也無可奈何，任其趾高氣揚，橫衝直撞。其中大詩人李白就深受其害，險些喪命。他曾用詩歌〈大車揚飛塵〉表達了他的憤恨不平：

大車揚飛塵，亭午暗阡陌。
中貴多黃金，連雲開甲宅。
路逢鬥雞者，冠蓋何輝赫。
鼻息干虹蜺，行人皆怵惕。
世無洗耳翁，誰知堯與蹠！

賈昌不是這樣，他為人忠厚老實，只知侍弄雞，真正靠勞動吃飯，他的所有財產全來自皇帝的恩賜。難能可貴的是，賈昌雖然是個鬥雞奴，也是個很有氣節的人。天寶十四年，唐朝發生了歷史有名的「安史之亂」，長安淪陷。安祿山懸重金抓賈昌為其馴雞，賈昌不願為這類不齒之徒做事，隱姓埋名，藏身寺院，做雜活以謀生。叛亂被平息後，由於戰爭中妻離子散，家財蕩光，賈昌再無心入宮，在寺院修身到終生，享年九十八歲。據載，他死那年仍然無一病痛。

人面桃花：春天的愛情邂逅

去年今日此門中，人面桃花相映紅。
人面不知何處去，桃花依舊笑春風。

這是一首家喻戶曉的詩，是一首曲調優美的歌，人們在吟唱之時，不禁會想起那個美麗動人的故事。這個故事的主人公就是唐代的詩人崔護，這首著名的詩就是他的〈題都城南莊〉。

崔護，博陵（郡治今河北定縣）人，字殷功。據說，他是個天資特別聰慧的人，不但長得眉清目秀，而且博學多才。只因為性格比較內向，少言寡語，所以一直未動婚念。經過數載寒窗苦讀，他覺得到了該求取功名的時候，於是信心十足地來到京城，參加進士考試。然而，萬萬沒想到的是主考官苗登（有人傳說是崔護的三從舅），並不賞識他。當發榜之日，崔護儘管從頭到尾、從尾到頭找了幾遍，也都沒能找到自己的名字。當時，那份失意與苦悶真是難以形容。

這一天，恰逢清明節，綠草青青，微風徐徐。崔護早早起床，便信步走去。春光如此美好，而他的思緒難平。幽幽小路，茸茸春情，他不知不覺地來到了城南。誰想轉眼間已是日近中午。崔護走得也累了，尤其是口渴得不行。這時，他看見前面有一個莊院。這個莊院約有一畝地之廣，裡面樹木成蔭，盛開的桃花嬉笑著從牆上探出頭來。只是門扉緊掩，寂靜悄然。崔護上前「噹噹噹」敲門，可是好長時間也不見有人來開，於是他又敲了兩下，這時，門才「吱」的一聲開了一道小縫。接著，從門縫裡傳出來一個甜甜的聲音：「請問相公，您找誰呀？」

崔護趕忙回答說：「我叫崔護，今天一個人到這裡遊玩，口渴難忍，想向姑娘討點水喝。」這時，那門「吱呀」一聲打開了。姑娘把崔護讓到院子裡，然後，又拿了一把椅子讓崔護坐下休息，自己則倒了一杯茶，兩手平端著，穩步走來，遞到崔護手裡。然後，就背靠著一株小桃樹，靜靜地看著崔護。崔護這時也一邊品著茶，一邊端詳著這位姑娘。這是怎樣的一位姑娘啊，恐怕崔護還是第一次見到這麼漂亮的女子呢！他真不敢相信，世上竟還有如此完美的人。尤其是她那雙脈脈含情的雙眼，好像會說話似的，還有那桃花映襯下的潔白俊俏的臉龐，竟與桃花一樣的嬌美，崔護怎能不為之動心呢？所以，他很想多呆一會兒，於是就在那裡細喝慢飲起來。可是無論怎麼拖延，茶還是用完了，他不好意思第二次張口，只好告辭。這時姑娘也若有所思，二人相視好久才互道分別。從此，崔護才知道相思的滋味究竟有多苦，有多甜。

終於，盼到了第二年的清明時節。崔護又來到城南曾經踏青尋芳的地方。眼看著那熟悉的莊院就在眼前，他不由得興奮不已。他興沖沖地跑到門前，沒想到卻是景色依舊，但門扉緊鎖。崔護那種求而不得的悵然與失落，就像門上那把大鎖一樣冰冷、木然。他佇立良久，還不見姑娘歸來，一切都那麼沉寂，只有院內的桃花猶似在春風中含笑。於是，情由心起，他大筆一揮，就在左面的門扉上寫下了開篇那首詩，在詩旁還署上了自己的姓名。就這樣，寫完以後，他嘆了口氣，只好無奈地回去了。

過了幾天，崔護怎麼也放不下南庄那美麗的桃花和美麗的姑娘。他不由得又漫步來到那裡。可這次，他還沒等走到跟前，就聽見從院中傳來了一陣陣悲痛的哭聲。他不由得大惑不解，這是發生了什麼事呢？於是他三步併作兩步地奔到了門前，正想進門看個究竟。這時，只見一位老人擦著傷心的眼淚，出門向他質問道：「你就是那個崔護吧？你害死了我的女兒！」說罷又哭了起來。崔護被問得愣愣的，一點也摸不著頭腦，趕忙追問道：「老人家，出了什麼事了？我害死了您的女兒？我怎麼會害死您的女兒？」老人這才又怨又恨地說道：「就是你，不知道寫的什麼詩，我女兒看了以後，就病倒了，茶飯不思，沒幾天的功夫，這不就被你害死了嗎？」崔護趕緊奔進屋中，只見那位姑娘面容憔悴，已然氣絕。他不由得撲了上去，把姑娘緊緊抱在懷中失聲痛哭起來：「我在這裡！」「我在這裡！」崔護的聲音漸漸變得嘶啞，這時卻見姑娘慢慢地睜開了眼睛，露出了微笑。後來，老人就把女兒許配給了崔護，使有情人終成了眷屬。

貞元十二年（七九六年）的時候，崔護再次參加考試，終於金榜題名，中了進士，後來還作了嶺南節度使。崔護的一生，雖然沒有太多的詳細記載，詩留下的也不是很多，但只這一首相映成趣的「人面桃花」就足以令人敬佩了。後來，人們把「人面桃花」這個故事改編成很多戲曲和雜劇，如〈人面桃花〉、〈藉水贈釵〉等都是讓人百看不厭的佳品。

紅葉題詩，上天做媒

紅葉題詩，一個充滿了浪漫傳奇色彩的故事。它發生在唐朝。女主角是皇帝後宮中那些有才華、有思想的宮女，而男主角，則是那些富於才情的浪漫文人。唐僖宗時，讀書人于祐就曾經有過這麼一段傳奇經歷。

那是深秋的一天，于祐因寫文章苦於沒有思路，便一個人在宮苑附近散步。秋風颯颯，流水潺潺，一條從宮中流出的水溝上面不斷地飄浮著泛黃的秋葉。忽然，于祐發現在黃葉中間夾雜著一片很大的紅葉，上面似乎被人寫上了什麼字跡。他急忙來到溝邊把紅葉撈了起來，只見上面真的題了一首五絕：

流水何太急，深宮盡日閒。
殷勤謝紅葉，好去到人間。

于祐非常喜歡這首詩，他想，一定是哪個有才的宮女耐不住深宮的寂寞寫得此詩聊以自慰。於是，他也找來一片紅葉，題上了兩句：「曾聞葉上題紅怨，葉上題詩寄阿誰？」並把它放入水溝的上游，希望能被那個宮女拾到。

後來，于祐屢考進士而不中，不得不去當權的宦官韓詠家教書。一天，韓詠對于祐說：「皇宮裡放出來的宮女中有個叫韓氏的，長得很美，她想找個老實本分的人做丈夫，我給你當個媒人怎麼樣？」于祐一聽，當場便答應下來。不久，于祐便和韓氏成了婚。在一次偶然的打掃書櫥時，韓氏發現了題詩的紅葉，便問于祐是怎麼得到的，於祐把經過說了一遍。韓氏驚訝地說：「那正是我寫的，而且我又在水溝邊拾到了一片紅葉。」于祐一看，那也正是他寫的，夫妻二人不覺驚嘆他們的緣分。

有一天，韓詠設宴，把于祐和韓氏都請來，為他們夫妻賀喜。席間，韓詠說：「你們二人今天該謝我這個媒人了吧？」韓氏笑笑說：「我與于祐的結合是老天做的媒，可不是你的功勞。」韓詠莫名其妙，就問：「這是從何說起？」韓氏於是索筆為詩，寫了一首絕句：

一聯佳句題流水，十載幽思滿素懷。
今日卻成鸞鳳友，方知紅葉是良媒。

韓詠看完詩後，哈哈大笑，連連感嘆說：「我今天才知道天底下的事沒有一件是偶然的。」

後來，黃巢起義軍攻下了洛陽和長安，唐僖宗倉皇逃往蜀地，韓詠讓于祐領著一百多名家僮為先導。韓氏因為是舊宮人，有幸見到了唐僖宗，就把她嫁給于祐的故事講給皇帝聽。僖宗聽後說：「這件事朕也聽說過。」於是就召見了于祐。後來僖宗還西都，于祐因為從駕護駕有功，被擢升為神策軍虞候。

韓氏為于祐生了五個兒子、三個女兒。五個兒子學習都很勤奮，後來都做了官；女兒也都嫁給了有身份的人家。韓氏自己因為治家有方，終身為命婦。

當朝宰相因為此事，特意寫了一首五言詩稱讚她，詩云：

長安百萬戶，御小日東注。
水上有紅葉，子獨得佳句。
子複題脫葉，流入宮中去。
深宮千萬人，葉歸韓氏處。

出宮三十人，韓氏籍中數。
回首謝君恩，淚灑胭脂雨。
寓居貴人家，方與子相遇。
通媒六禮具，百歲為夫婦。
兒女滿眼前，青紫盈門戶。
茲事自古無，可以傳千古！

唐代傳奇中的武俠小說

在我國悠久的文明史中，唐代文化曾取得非常輝煌的成就，音樂、舞蹈、書法、繪畫、詩歌、散文、傳奇等領域，出現過許多耀古爍今的經典。唐代的武俠小說，就是這塊文化寶地中的一份子。

唐代小說是在魏晉六朝的志怪小說和中晚唐商業經濟發達的社會基礎上發展起來的。就其內容來說，有慨嘆塵世無常的，有形容奇技異巧的，有宣揚佛、道靈驗的，有追溯歷史往事的。總的說來，不外乎以下幾類：

諷刺小說，如李公佐的〈南柯太守傳〉；愛情小說，如白行簡的〈李娃傳〉；歷史小說，如陳鴻的〈長恨歌傳〉；武俠小說，如裴鉶的〈崑崙奴傳〉。但唐代小說的作者最樂於描寫的題材是愛情小說和武俠小說。就時代劃分來看，唐代中期的傳奇名篇偏重於愛情題材，唐代晚期的傳奇名篇又多以俠義為內容。

唐代武俠小說的產生，有其社會背景。唐朝末期，藩鎮的勢力越來越大，而且專橫跋扈，不亞於近代的各路軍閥。他們各據一方，爭權奪利。因為他們大多屬於武士階層，沒有文化修養，也沒有太高的願望，只想稱霸一方，以求無盡的享受。他們殺人越貨、強占民女，都覺得是很正常的事。有時，藩鎮之間為了私怨而引起衝突，便互相以武力攻擊。一方面各用軍事力量打擊對方，另一方面即各自蓄養武士，必要時從事暗殺活動。對此，朝廷也無能為力，無法制止，於是放任藩鎮為所欲為。一時期，武士之風盛行起來。如元和十年（八一五年）宰相武元衡被刺，就是由平盧節度使李師道派遣的武士所為；開成三年（八三八年）宰相李石被刺，就是由宦官仇士良主使的。這些事件都見於正史的記載。這些武士的行為，成為唐代武俠小說重要的素材。

唐代武俠小說產生的另一種社會基礎，是民眾對解脫苦難的渴望。中唐以後，藩鎮割據，軍閥迭起，相互攻戰不歇，民不聊生。而朝廷中一些居功自傲的大臣，常作威作福，驕奢淫逸，這更加深了人民的苦難。民眾對這種現狀深感絕望，可又不知如何才能改變這種狀況，於是他們希望出現一批俠義之士。這些俠義之士發揮他們超人的能力，扶危濟困，釋難解紛，救民於倒懸，拯民於水深火熱之中。這就是唐代武俠小說產生的又一基礎。雖然這類作品解決矛盾的方式是虛幻的、難以實現的，但他們歌頌不畏強暴的俠義行為，是值得讚賞和肯定的。

唐代的武俠小說在唐傳奇中產生得較晚，先是在愛情小說中出現了幾位俠客，如黃衫客、許俊等，他們的行為多屬豪俠一類。至於專門的豪俠故事，往往很少，大部分是出於整部傳奇集子中。比較著名的有：柳珵的〈上清傳〉，李公佐的〈謝小娥傳〉，袁郊的〈紅線〉，薛調的〈無雙傳〉，裴鉶的〈崑崙奴傳〉、〈聶隱娘〉，杜光庭的〈虬髯客傳〉等。

這些小說的內容大多與中唐以來的社會現實有關，尤其與藩鎮割據有關。比如〈聶隱娘〉寫魏博大將聶鋒之女聶隱娘從一尼學成武藝後，如何周旋於藩鎮之間，殺人報命。另一類內容則是武俠與愛情的結合產物。如〈崑崙奴傳〉中為崔生和紅綃妓成就一番好事的崑崙奴磨勒；〈無雙傳〉中助王仙客和無雙結合的古生。此外，〈謝小娥傳〉寫一弱女子謝小娥為父報仇的故事，從中亦不難看出當時社會的混亂。

唐代的武俠小說對後代產生很大的影響，後代的一些小說或戲曲劇本的題材，就是取自唐代傳奇，如元代〈盜紅綃〉雜劇、〈磨勒盜紅綃〉戲文，就是取材於唐傳奇〈崑崙奴傳〉；明代〈紅線女〉雜劇取自〈紅線〉；清代〈黑白衛〉雜劇則取材於唐傳奇〈聶隱娘〉，等等，由此不難窺見唐代武俠小說對後世文學影響之一斑。

唐代創作的神仙傳說

神仙是附道家而生，《莊子・逍遙遊》裡出現過藐姑射神人，〈天地篇〉中有仙人的描寫：「千歲厭世，去而上仙，乘彼白雲，至於帝鄉，三患莫至，身常無殃。」漢魏以來，隨著道教的形成與發展，神仙之說也日益流行。到了唐代，帝王出於政治的需要而尊崇道教，於是神仙道術之說就格外引人注目。唐代筆記小說中記錄了大量的有關神仙的傳說。比如《太平廣記》一書中，神仙類共有五十五卷，其中四十多卷是隋唐時代的神仙故事！可以毫不誇張地說，要了解後世神魔小說的來龍去脈，就必須了解眾多的唐代神仙傳說。

唐代的神仙傳說大多是以宣揚神仙不妄、仙家可期為主要內容。比如唐代李復言《續玄怪錄》中的〈裴諶〉一篇。故事說：裴諶與王敬伯、梁芳為方外之友，在隋朝大業年間，一起入白鹿山學道。一晃十多年過去了，仙沒學成，而梁芳卻死了。王敬伯也忍受不了這種寂寞艱苦的日子，下山回了家。這時已是大唐貞觀初年。王敬伯沒過多久，就做到了大理廷評事，還穿上了緋服。這一年奉使淮南，乘船過高郵，遇見一隻小漁船，船中有一個老人，披著蓑衣，頭戴篛笠，划著小船，像一陣風一樣從眼前駛過。王敬伯仔細一看，認出是裴諶，於是請裴諶到府衙上，延之上座，握著他的手安慰他說：「仁兄久居深山，一事無成，混到了這步田地，真是可憐啊！我自從出山之後，現在已經做到了廷尉評事，比在山中強過百倍。你有什麼需要的，說吧，我一定滿足你。」裴諶淡淡一笑，說：「人各有志，不可勉強。我販藥廣陵，在青園橋東數裡有個櫻桃園，園北車門，就是我的宅院。你公事之餘，不妨到那裡去找我。」說完就走了。王敬伯到了廣陵之後，略有空暇，想起裴諶的話來，就出門去尋他。果然一找就找到了。有人引他進來，只見樓閣重重，花木鮮秀，煙翠蔥蘢，景色妍媚，不似人間境界。一陣陣香風襲來，令人神清氣爽，飄飄然有凌雲之意。不一會兒，有一人出來，衣冠偉然，儀貌奇麗。王敬伯上前拜見，一見之下，才看出原來就是裴諶！裴諶熱情地款待王敬伯，只見各種器物珍異，吃的喝的，以及歌舞音樂，都不是人間所有。臨別時，裴諶對王敬伯說：「有時間可來訪我。塵路遐遠，萬愁攻人，努力自愛。」王敬伯拜謝而去。後來再去拜訪，只見一片荒涼，菸草極目，哪裡還有宅院？王敬伯惆悵而返。

在這個故事中，作者有意將仙與俗相對，將成仙得道與功名富貴相對，竭力宣揚神仙的不妄和仙家的可期。但那仙家，實在是可以看成人間更大富貴的翻版。

唐代的神仙傳說雖然以成仙得道為說，但在虛幻荒誕的情節中，又常常隱寓著人世的故事。這些故事中，有的是寫一些特立獨行的人物，如出自《續神仙傳》的〈藍采和〉。故事說：藍采和，不知何許人。常常穿一件破藍衫，繫一根三寸寬的六扣黑木腰帶，一隻腳穿著靴子，一隻腳光著。夏天穿加了棉絮的衣衫，冬天則臥於雪中，身上還冒著蒸氣一樣的熱氣。為人非常機敏，非常滑稽。有人問他話，他總能把人逗得哈哈大笑。他經常喝得醉醺醺的，似狂非狂，手裡拿個三尺多長的拍板，在城裡一邊走，一邊向人乞討，一邊踏著靴子唱著踏歌。唱的是：「踏歌藍采和，世界能幾何？紅顏一春樹，流年一擲梭。古人混混去不返，今人紛紛來更多。朝騎鸞鳳到碧落，暮見蒼田生白波。長景明暉在空際，金銀宮闕高嵯峨。」所唱的歌詞很多，都有神仙之意，人也不懂。人給他錢，他就用長繩穿起來，在地上拖著走，錢散失了，他也不回頭看。遇見窮人，就把錢送給窮人，再不就是給了酒家。有人從孩童到頭髮斑白時都見過他，而他容顏依舊，什麼都沒變。後來他踏歌於濠梁間酒樓，喝醉了，人們聽見有雲鶴和笙簫的聲音，只見藍采和忽然輕輕地飄舉到雲中，拋下了靴子、衣衫、腰帶和拍板，冉冉飛昇而去。從這個故事中，已經可以看見後來八仙傳說中那位藍采和的影子了。

有的神仙傳說則是敷衍歷史或者時事。比如出自《仙傳拾遺》的〈楊通幽〉，寫的是廣漢楊通幽為唐明皇上天入地尋找楊貴妃的故事，與〈長恨歌傳〉等有關傳說相近似。出自《玄怪錄》的一篇故事說：大唐天寶年間，有一個姓崔的，在巴蜀做縣尉，死於成都，撇下了個年輕美貌的妻子。連帥章仇兼瓊一心想把她弄到手，就想了一個主意：讓他的妻子設宴招待五百里內的女客，這樣就可以乘機留下縣尉之妻了。這時縣尉之妻已經嫁給了盧二舅。盧二舅得知章仇兼瓊的意思，就讓她裝病不赴宴。章仇兼瓊大怒，命左右帶五百騎兵前往收捕。騎兵圍住宅院的時候，盧二舅正在吃飯。他從容地吃完之後，對妻子說：章仇兼瓊的意圖已經很明顯了，夫人不可不去。一會兒我就派人給你送衣服來，你穿上就可以去了。說完，盧二舅騎著騾子就出門而去，眾人追也追不上。果然，不一會兒的工夫，有一個小童送來一個衣箱，裡面有故青裙、白衫子、綠帔子、緋羅縠絹素。縣尉妻穿上衣服，跟騎兵來到了成都。一入大堂，光彩繞身，美色襲人，令人不敢正視。宴會完了之後，縣尉之妻就回了家，三天之後就死了。後來聽青城王老說才知道，盧二舅原是太元夫人專門管庫的人，亡尉妻也微有仙骨。故事雖然披上了神仙的外衣，但是仍不難從中看出地方節帥的專橫跋扈。

有的神仙傳說則是對人們所敬仰的人物的神化，如〈顏真卿〉，說顏為李希烈所殺，死後成仙。有的則是對某些技藝或者擁有這些技藝的人的神化。如〈孫思邈〉，記載了初唐時著名醫學家孫思邈的許多故事，其中說孫思邈小時就有「神童」之譽，後來隱居於太白山。死後一個多月，屍身顏色不改；等埋葬時，只有一架空衣，屍身已經不見了。這些傳說雖然也有一些迷信的成分，但更主要的是表達了百姓對自己心目中的人物的崇拜與懷念之情。

有的神仙傳說則寓有勸善諷世的意思。如〈杜子春〉，揭示了人性中的陋習難改；〈馬周〉勸人應自律自強，不可沉湎；〈李林甫〉勸人不可太貪；〈馮大亮〉勸人救物濟人，等等，都屬於這一類。

在眾多的唐代神仙傳說中，還有許多是有關桃花源或劉阮二人誤入桃源的故事，如〈柳歸舜〉、〈元藏幾〉、〈文廣通〉、〈韓滉〉、〈陰隱客〉、〈崔生〉、〈採藥民〉、〈元柳二公〉等。從其內容來看，與陶淵明的〈桃花源記〉或〈幽明錄〉中劉晨、阮肇入天台山的故事很接近。比如〈文廣通〉一篇，就是講辰溪縣滕村人文廣通，因射野豬而跟蹤野豬入一穴中，忽見有數百戶人家，「觀其墟陌人事，不異外間；覺其清虛獨遠，自是勝地」。因問村中小兒，得知這些人是避夏桀之難逃到此地來的，在這裡學道得仙。這其實就是桃花源的另一種描寫。這一「泛桃花源現象」和神仙傳說的作者多為中晚唐人的現象一樣，都與中晚唐的社會現實有關。唐自天寶末年安史之亂以後，地方藩鎮割據，朝中政治黑暗，災變不斷，戰亂頻仍，老百姓生不得保，死不得葬，於是就生出這些奇思異想來。雖然有些消極荒誕，但它卻是平民百姓心態的真實展現，對了解那個時代很有價值。

南唐後主：一江春水訴怨愁

李煜以他悲劇的一生和不朽的詞作，使一代代讀者的心弦被觸動，並使他們得到了深刻的情感體驗和審美愉悅。李煜，字重光，初名從嘉，號鍾隱，是五代南唐的最後一代君主，史稱李後主。李後主是中主李璟的第六子，姿貌絕美，性喜學問，他的五個哥哥早卒，故被立為太子。即位後，沉溺聲色，不恤民困，終於亡國。雖說作為一國之君，李後主夠不上聖明，但他作為詞人，卻可以說是一代大師、詞壇巨擘。

宋太祖開寶七年（九七四年），宋兵大舉過江，兵臨南唐都城金陵城下。昏庸的南唐後主李煜，只知歌舞填詞，不理國事，軍機大事全委於朝臣。而一班朝臣又都是貪生怕死之輩，只想投降，不想抗戰，更對李煜封鎖了一切消息，致使軍兵屯駐城下，李煜尚毫無知曉。一日，李煜登城賞遊，見四郊旌旗蔽空，營壘遍地，才大驚失色。國家危亡之際，李煜先是召洪州兵入援，結果大敗；後又派徐鉉入宋求和，徐鉉見宋太祖說：「李煜以小事大，如子事父，未有過失，為什麼討伐我們南唐呢？」太宗答說：「既是父子，那就是一家人，怎麼能分為兩個國家呢！何況我臥榻之側，豈能容他人鼾睡。」外交努力也告失敗。此時李煜再無良策，只好臨時去抱佛腳，跑到寺廟之中，求佛保佑，許願造佛像，增齋僧，建殿宇，真是荒唐！

宋太祖開寶八年（九七五年），金陵城破。李煜於宮中堆滿乾柴，意欲攜妻子自焚，大臣們泣涕相諫，才罷去自殺的念頭，便攜一班朝臣肉袒出降。當時，宋兵的將領叫曹彬，他命李煜回宮更衣，以押解回汴梁，曹彬的部將勸說：「你許他入宮治備行裝，假如他自殺了，我們如何交待？」曹彬則說：「你們哪裡知道，我觀察了李煜的神色，他唯唯諾諾，連懦夫女子都不如，哪裡能下決心自焚呢。」果然，李煜更衣後，便帶著行裝而出。據說，李煜的行裝帶得還真不少，曹彬派五百軍兵才把行裝搬到船上。李煜舉族登船北遷時，天下著小雨，陰沉慘淡，族人百官哭別故國，號泣之聲溢於水陸，情形悲愴。船至江中，李煜賦詩曰：

江南江北舊家鄉，三十年來夢一場。
吳苑宮闈今冷落，廣陵台殿已荒涼。

雲籠遠岫愁千片，雨打歸舟淚萬行。
兄弟四人三百口，不堪閑坐細思量。
——〈渡中江望石城泣下〉

李煜事後又有一首〈破陣子〉亦追述起此事：

四十年來家國，三千里地山河。鳳闕龍樓連霄漢，玉樹瓊枝作煙蘿。幾曾識干戈？
一旦歸為臣虜，沈腰潘鬢消磨。最是倉皇辭廟日，教坊猶奏別離歌，垂淚對宮娥。

李煜等於開寶九年（九七六年）被押解至宋都汴梁。正月四日，宋太祖在明德樓接見李煜及其重臣四十五人，令李煜等人著白衣戴紗帽待罪於樓下。太祖下詔赦免李煜等人之罪，並按等級賜予李煜等人冠帶、器幣、鞍馬，封李煜為違命侯，後又改封隴西侯。至此，南唐後主李煜就被軟禁在汴梁城中，成了宋人的階下囚。

李煜在汴梁的生活盡是在悲苦悔恨中度過的，整日唯有二事，一是借酒澆愁，一是以淚洗面。《翰府名談》說：江南後主李煜在汴梁時，常是做長夜之飲，平均每天要喝三石酒。大宋皇帝曾下詔不讓宮中供給其酒，李煜上奏說：「我不喝酒，讓我憑藉什麼挨過這一天天的無聊時光呢。」宮中大內於是才又供給他酒喝。《默記》說：韓玉汝家收藏有李煜在汴梁時寫給金陵舊宮人的信，信中有「此中日夕只以眼淚洗面」的話。李煜在汴梁留下了許多詞作，從中我們也可窺見他寄人籬下的生活。先看〈浪淘沙令〉：

簾外雨潺潺，春意闌珊。羅衾不耐五更寒。夢裡不知身是客，一晌貪歡。獨自莫憑欄，無限江山。別時容易見時難。流水落花春去也，天上人間！

這是李煜做長夜之飲，藉酒澆愁，以一時醉夢之歡，痲醉自己國破家亡的精神痛苦的真實寫照。再看〈子夜歌〉：

人生愁恨何能免，銷魂獨我情何限。故國夢重歸，覺來雙淚垂。高樓誰與上？長記秋晴望，往事已成空，還如一夢中。

往事如夢，一切成空，亡國之君，追憶起故國，痛心疾首，不覺雙淚流瀉，這是李煜以淚洗面的悲楚生活的縮寫。再看〈浪淘沙〉：

往事只堪哀，對景難排。秋風庭院蘚侵階。一任珠簾閒不捲，終日誰來！金劍已沉埋，壯氣蒿萊。晚涼天淨月華開。想得玉樓瑤殿影，空照秦淮。

《硯北雜誌》記載：李煜的舊臣鄭文寶想見李煜，擔心守門人拒之門外，便披上蓑衣戴上斗笠扮成一個打魚人去賣魚，這才得以相見。又《默記》載述：李煜的舊臣徐鉉奉太宗旨去見李煜，在大門口被門卒擋住，聲稱朝廷有旨，不可讓李煜與人接觸，徐鉉說是奉旨而來，才被放入。足見李煜被幽禁時的孤獨淒涼。這首詞說「一任珠簾閒不捲，終日誰來」，當是寫實。

南唐後主李煜，在汴梁被囚禁了三年多，太平興國三年（九七八年），被宋太宗派人毒死。據說，毒死李煜的毒藥叫牽機藥。這種藥，人吃後狀如機弩，前仰後合，就像被拉開又放手的弓，一會兒直，一會兒彎，如此數十回，便一命嗚呼。可知李煜之死，實是慘不忍睹。據說李煜之所以被宋太宗毒死，是由於李煜作的〈虞美人〉一詞。詞曰：

春花秋月何時了？往事知多少！小樓昨夜又東風，故國不堪回首月明中。雕欄玉砌應猶在，只是朱顏改。問君能有幾多愁？恰似一江春水向東流。

此詞抒寫的是亡國之痛和幽囚之悲，物是人非、時過境遷之感翻然而出。相傳，宋太宗看了李煜的這首詞，極為不滿，加之詞寫得極為感人，已經歸降大宋的南唐舊臣多有下泣者，因此才發生了牽機藥之事。李煜死時，年僅四十二歲。這正是：「一江春水訴怨愁，愁腸吐盡命也休。」

讀故事．學文學

隋唐五代文學故事　下冊

編　　著　范中華
版權策劃　李　鋒

發 行 人　陳滿銘
總 經 理　梁錦興
總 編 輯　陳滿銘
副總編輯　張晏瑞
編 輯 所　萬卷樓圖書(股)公司
排　　版　鄭　薇
封面設計　鄭　薇
印　　刷　百通科技(股)公司

發　　行　昌明文化有限公司
桃園市龜山區中原街32號
電　　話 (02)23216565
傳　　真 (02)23218698
電　　郵
SERVICE@WANJUAN.COM.TW
大陸經銷
廈門外圖臺灣書店有限公司
電　　郵
香港經銷
香港聯合書刊物流有限公司
電　　話(852)21502100
傳　　真(852)23560735

ISBN 978-986-91874-7-3
2017年8月初版三刷
2016年1月初版二刷
2015年11月初版一刷
定價：新臺幣250元

如何購買本書：
1.劃撥購書，請透過以下帳號
帳號：15624015
戶名：萬卷樓圖書股份有限公司
2.轉帳購書，請透過以下帳戶
合作金庫銀行古亭分行
戶名：萬卷樓圖書股份有限公司
帳號：0877717092596
3.網路購書，請透過萬卷樓網站
網址 WWW.WANJUAN.COM.TW
大量購書，請直接聯繫，將有專人為您服務。(02)23216565 分機10

如有缺頁、破損或裝訂錯誤，請寄回更換

國家圖書館出版品預行編目資料

隋唐五代文學故事 / 范中華編著.
-- 初版. -- 桃園市：昌明文化出版；
臺北市：萬卷樓發行, 2015.11
冊；　公分. --(讀故事.學文學)
ISBN 978-986-91874-7-3(下冊：平裝)

857.63　　104017774